Kurzbeschreibung

Was tust du, wenn ausgerechnet der Mensch, den du nie wieder sehen wolltest von heute auf morgen deine Zukunft in Händen hält?

Emily, die Managerin der „Honey Lips“ ist mit ihrer Tanzgruppe in Las Vegas sehr erfolgreich. Jede Nacht brechen die Frauen etliche Männerherzen und gehen trotzdem immer brav allein nach Hause.
Plötzlich taucht ein Mann aus Emilys Vergangenheit auf, der ihre Welt schon einmal aus den Angeln gerissen hat. Wie sich herausstellt, hält ausgerechnet er ihre Zukunft in Händen. Sie ist fest entschlossen, diesem Kerl nie wieder die Kontrolle über ihr Herz zu lassen und muss trotzdem alles dafür tun, damit er ihren neuen Vertrag unterzeichnet. Dumm nur, wenn die Gefühle von früher dicht an der Oberfläche brodeln und alles gefährden, wofür sie so lange gearbeitet hat.

Dean McDougal ist am Ziel seiner Träume angelangt, als er nach Las Vegas fliegt, um ein Hotel zu übernehmen. Er ist mehr als geschockt, dass gerade seine erste große Liebe diejenige ist, die ihm bei seinem neuen Projekt über den Weg läuft. Nicht nur, dass ihr Wiedersehen eher kühl verläuft, er hat auch das Gefühl, dass Emily ihn für das, was er vor zehn Jahren getan hat, aufs Tiefste verachtet.

Geschäft geht vor Privatleben - das war bisher Deans Motto -, doch ist er wirklich bereit, sie ein zweites Mal gehen zu lassen, oder kämpft er dieses Mal für ein größeres Ziel?

Prolog Emily

Das Herz schlug mir bis zum Hals, als ich in den Spiegel des Fahrstuhls sah. Mir stand die Anspannung buchstäblich ins Gesicht geschrieben. Meine mandelförmigen Augen wirkten noch größer als sonst und irgendwie gehetzt. Für die Honey Lips war dieses Gespräch verdammt wichtig. *Wenn ich nur ein wenig mehr Zeit gehabt hätte, mich vorzubereiten,* dachte ich verzweifelt. Doch zu jammern half jetzt nichts. Nun galt es, die Arschbacken zusammenzukneifen und alles daranzusetzen, unsere Jobs zu retten. Das würde schon irgendwie klappen … Das musste es! Das *Pling* des Fahrstuhls, als er das Erdgeschoss erreichte, riss mich aus meinen Überlegungen. Ich stieg aus und lief in Richtung Restaurant. Die Absätze meiner Pumps klackerten auf dem Fliesenboden und ich schalt mich dafür, mich nicht doch noch schnell umgezogen zu haben. Wer ging schon in hochhackigen Schuhen, Hot Pants und einem freizügigen Shirt zu einer Besprechung wie dieser? Cassie hatte mich gerade eben erwischt, als ich in den Keller wollte, um zu trainieren. Für den neuen Hotelinhaber hatten wir uns alle zusätzliche Performances überlegt. Da ich selbst seit Längerem nur als Ansagerin fungierte, war ich ein wenig aus der Übung und nutzte jede Gelegenheit zum Üben. Jedenfalls war ich in meinen Klamotten alles andere als passend für ein Businessmeeting gekleidet. Eine anständige Geschäftsfrau wäre in einem Kostüm oder im Bleistiftrock hier aufgetaucht. Aber ich war keine typische Geschäftsfrau. Trotzdem würde ich die Angelegenheit für mich und meine Mädchen klären, das hatte ich mir fest vorgenommen. Entschlossenen Schrittes steuerte ich auf die Nische zu, in der ich mich mit dem neuen Inhaber treffen sollte. Mein Bauch rumorte vor Anspannung und meine Hände waren schweißnass. Doch ich würde mir meine Nervosität nicht ansehen lassen. Den Rücken gerade, die Schultern gestrafft, ging ich um eine Ecke und steuerte geradewegs auf den Tisch in der Nische zu. Dort saß ein attraktiver, dunkelhaariger Mann um die Dreißig, der den Blick auf sein Handy gesenkt hielt.

»Okay, Emily, jetzt geht es um alles oder nichts«, wisperte ich nur für mich. »Du wirst den Kerl davon überzeugen, dass …«

Oh.

Mein.

Gott!

Das durfte nicht wahr sein. Der Mann hatte mich bemerkt, den Kopf gehoben und sah mich an. Mein Herz stolperte und schlug schmerzhaft gegen meinen Brustkorb, während ich wie versteinert stehen blieb.

»Dean«, kam es mir ungläubig über die Lippen. Ihn wiederzusehen, nach all den Jahren, versetzte mir einen glühenden Stich ins Herz. Was machte er hier? Verflucht, auf dieser Welt liefen siebeneinhalb Milliarden Menschen herum. Warum zum Teufel musste ich ausgerechnet auf ihn treffen? Offensichtlich war Dean genauso überrascht wie ich. Auf seinen Zügen lag ein ungläubiger Ausdruck. »Emily?«, fragte er mit seiner seidigen tiefen Stimme, die in mir ein Gefühl auslöste, als würde ich fallen. Bilder drängten aus meiner Erinnerung an die Oberfläche. Bilder, die mir den Boden unter den Füßen wegreißen würden, wenn ich sie länger zuließe. Er stand auf und kam einen Schritt auf mich zu. O Himmel, er sah immer noch genauso unverschämt gut aus wie früher. »Dann bist du also die berüchtigte Sugar – die Chefin der Honey Lips?« Darauf antwortete ich nicht und ich brauchte auch nicht zu fragen, wer er war. Das war glasklar – er war der Käufer, der Kerl, der meine Mädchen und mich hier raushaben wollte. Aber das würde ich nicht zulassen! Dieser Mann hatte mein

Leben schon einmal aus den Angeln gehoben und mich mit nichts als einem Scherbenhaufen zurückgelassen. Ein zweites Mal würde es ihm nicht gelingen. Die Hände zu Fäusten geballt, den Blick auf seine unvergleichlich giftgrünen Augen gerichtet, stand ich da und überlegte fieberhaft, was ich tun könnte. *Mr. Walker* ... Er war der Einzige, der verhindern konnte, dass Dean Franklin McDougall den Laden hier übernahm. Meine Chancen, Walker davon zu überzeugen, das Hotel jemand anderem zu verkaufen, waren gering, das war mir klar. Aber ich musste es versuchen! Ohne den Engländer eines weiteren Blickes oder Wortes zu würdigen, wirbelte ich auf dem Absatz herum und machte mich auf den Weg nach oben, in Walkers Büro.

Emily

Ich lehnte mich schwer atmend an die Wand im Fahrstuhl und schloss verzweifelt meine Augen. Den ganzen Weg hierher konnte ich mein Herz hämmern hören und seinen ungläubigen Blick auf mir spüren. Dean wiederzusehen, war, als würde man mir mein Innerstes nach außen reißen und das mit voller Wucht. Wie oft hatte ich ihn heimlich gestalkt, mit angesehen, wie er seinen Traum vom Kaffeeimperium verwirklichte, während ich immer noch in Texas festsaß und schmierigen Typen die Burger brachte? Unzählige Nächte hatte ich damit zugebracht, mir die Augen aus dem Kopf zu heulen und diesen Kerl aus meinen Gedanken zu verbannen. Nur um hier, Jahre später, zu erkennen, dass meine Liebe zu ihm nur in einer Schublade darauf wartete, frei gelassen zu werden. Ich hasste mein dummes Herz und noch mehr hasste ich ihn! Unbändiger Zorn rauschte durch meine Adern, als die Türen des Fahrstuhls sich öffneten und ich mit zitternden Händen Richtung Mr. Walkers Büro lief, in der Hoffnung, er könnte mir helfen.

Seine Sekretärin, eine schrullige, wenn auch kompetente alte Frau, saß nicht an ihrem Platz und das nutzte ich aus, um direkt anzuklopfen und die Tür zu öffnen. Walker sah verwundert von seinen Unterlagen auf und nachdem er meinen Gesichtsausdruck bemerkte, trat Bestürzung in seine Miene.

»Ms. Masters, was um Gottes willen ist passiert?«, fragte er mich und kam so schnell er konnte um seinen Schreibtisch herum, nur um mich im letzten Moment aufzufangen. Meine Beine waren aus Wackelpudding und ich fühlte mich, als würde ich jede Sekunde in Ohnmacht fallen. Ich hatte nicht einmal mitbekommen, wie ich langsam zusammensackte.

»Es geht gleich wieder«, murmelte ich und setzte mich auf den Stuhl, der vor seinem Tisch stand. Tief durchatmend versuchte ich, die Fassung wieder zu erlangen. Ich spürte eine zaghafte Berührung an meiner Schulter, die mich daran erinnerte, dass ich einen Zeugen für meinen geistigen Amoklauf hatte. *Reiß dich zusammen und spare dir den Nervenzusammenbruch für später auf*, schalt ich mich und streckte meinen Rücken durch, um ein wenig Professionalität an den Tag zu legen oder was davon noch übrig war.

»Mr. Walker, es tut mir schrecklich leid, dass ich so einfach hier reinplatze, aber Sie dürfen nicht an Mr. McDougal verkaufen«, platzte ich heraus und sah ihn flehend an. Mein Chef war scheinbar den Umgang mit hysterischen Frauen nicht gewohnt, denn er trat unbeholfen von einem Fuß auf den anderen und rieb sich über den kräftigen Bauch. Wenn ich es nicht besser gewusst hätte, wäre meine Vermutung gewesen, dass er hungrig sei, doch sein mitleidiger Blick verriet mir mehr, als ich wissen oder hören wollte.

»Ich glaube, das ist ein Wunsch, den ich Ihnen nicht erfüllen kann, meine Liebe. Außer natürlich, Sie können mir einen triftigen Grund nennen, warum dieser Deal nicht zustande kommen sollte?«, hakte er aufmerksam nach und mein erster Impuls, ihm eine Lüge über Dean aufzutischen, war verdammt groß. Andererseits war ich nicht bereit, für diesen Schweinehund meine Prinzipien in Sachen Ehrlichkeit über Bord zu werfen und entschied mich für die Wahrheit.

»Wenn ich Ihnen sage, dass er ein Mann ist, der sein Wort nicht hält und ihm die Menschen rund um ihn herum egal sind, reicht das als Grund? Oder dass er das Hotel komplett umkrempeln und unsere Show streichen will?« Mr. Walker atmete tief aus, drehte sich zu seiner mahagonifarbenen Bar um und kam mit zwei Gläsern und einem Scotch zurück. Wortlos stellte er die Gläser auf den Schreibtisch, schenkte uns einen ordentlichen Schluck ein und setzte sich anschließend wieder in seinen Bürostuhl, bevor er mir antwortete.

»Emily, ich hoffe, ich darf Sie so nennen«, vergewisserte er sich, während ich mein Glas mit einem Zug leerte. Brennend, genau wie die Wut in mir, lief der Alkohol meine Kehle hinab und ich nickte nur. »Es ist schon einige Zeit her, dass ich den Liebeskummer meiner zwei Töchter stillen musste, also verzeihen Sie mir, wenn ich mich ein wenig ungeschickt anstelle. Sie und Mr. McDougal haben eine gemeinsame Vergangenheit, nehme ich an. Und wenn ich mich recht erinnere, sahen meine Töchter genauso aus, wenn sie mich baten, den Mistkerl, der ihnen das Herz brach, mit meiner Schrotflinte zu jagen.« Ich lachte erstickt auf und konnte mir gut vorstellen, dass Mr. Walker mal ein sehr beeindruckender und angsteinflößender Mann gewesen war. Jetzt erinnerte er mehr an einen gemütlichen Teddybären. »Dass er dieses Hotel neu aufbauen will, ist für mich hart, aber andersherum will ich es einfach nur loswerden. Dass Ihre Show nicht mehr weitergehen soll, ist ein verdammt großer Fehler und das werde ich ihm bei meinem Gespräch morgen auch zu verstehen geben. Die Schrotflinte bringt uns, glaube ich, nicht weiter. Meine Kinder erzählen heute noch Geschichten darüber, wie ihr alter Herr die Jungs vom Hof gejagt hat.«

»Ich bin mir sicher, Ihre Töchter lieben Sie dafür«, gab ich schmunzelnd zurück und meine Nerven beruhigten sich ein wenig. Er grinste mich an, schenkte mir nochmal nach und wartete auf eine Erklärung. Mittlerweile kam ich mir dämlich vor, so kopflos hier hereingestürmt zu sein und etwas von ihm zu verlangen, was völlig unmöglich war. Seufzend trank ich einen weiteren Schluck und atmete tief aus.

»Es war dumm, hierher zu kommen und ich bitte Sie aufrichtig um Verzeihung. Es ist nur so, dass der Anblick von diesem Riesenarsch meine Sicherungen hat durchbrennen lassen. Sie liegen vollkommen richtig, Dean McDougal und ich haben eine gemeinsame Vergangenheit und die endete damit, dass …! Ach, lassen wir das. Ich wollte nicht, dass Sie sich meine privaten Probleme anhören müssen. Weder ist das professionell noch hilft es mir weiter. Eigentlich brauche ich nur einen verdammt guten Rat, wie ich diesen …, wie ich Mr. McDougal davon abbringe, uns fallenzulassen.«

»Sie müssen sich nicht für Ihre Gefühle entschuldigen und ich wünschte, ich könnte Ihnen bei diesem Problem helfen. Doch meine Mittel sind begrenzt und er scheint wirklich an dem Hotel interessiert zu sein. Seine Vita ist sehr vorbildlich und seien wir ehrlich, dieses Hotel braucht ein Upgrade«, antwortete er und schaute sich anschließend in seinem Büro um. Wehmut lag in seinem Blick, aber das hielt nur einen kurzen Moment an, bevor Entschlossenheit sich auf seinen Zügen breit machte, als er wieder zu mir sah. »Ich bin schon lange in diesem Geschäft tätig und wenn ich Ihnen einen Rat mitgeben darf, dann ist das dieser: Selbst der härteste Gegner hat eine Schwachstelle. Finden Sie heraus, was die von McDougal ist und nutzen Sie sie zu ihren Gunsten. Legen Sie sich ins Zeug und beweisen Sie ihm, dass die Honey Lips hierhergehören.« Seine Worte sprengten sämtliche Synapsen in meinem Hirn. Deans Schwachstelle zu finden, hieße, sich an unsere gemeinsame Zeit zu erinnern und das war das Letzte, was ich wollte. Gänsehaut und ein Frösteln durchzuckten mich. Das war nicht das, worauf ich gehofft hatte, doch für den Moment war es das einzige, was ich als Lösungsvorschlag bekam.

»Danke für Ihre Hilfe und Ihr Verständnis. Ich werde mir den Rat zu Herzen nehmen und dem Engländer zeigen, zu was Frauen aus Texas fähig sind«, antwortete ich und erhob mich schwerfällig vom Stuhl. Der Alkohol und die Erkenntnis, dass mir der schwerste Kampf meines Lebens bevorstand, ließen meinen Körper taub erscheinen.

»Ich bin mir sicher, Sie werden einen Weg finden, Emily. Sie und Ihre Honey Lips sind toughe Frauen, die den ganzen Weg bis nach Las Vegas geschafft haben. Sie wissen doch, was man über Vegas sagt, es ist die Stadt der unbegrenzten Möglichkeiten und Chancen. Sie haben mich damals von Anfang an überzeugt und die wachsenden Publikumszahlen sprechen für sich. Da werden Sie doch einen einzigen Mann um den Finger wickeln können«, gab er schmunzelnd zurück und ich konnte sehen, warum er dieses Hotel so lange erfolgreich geführt hatte. Mr. Walker hatte ein Auge für Erfolg und seine Zeit hier gab ihm Recht. Ich schüttelte ihm die Hand und verabschiedete mich, bevor ich durch seine Tür und hinunter in mein Hotelzimmer ging.

Dort angekommen setzte ich mich aufs Bett und war froh, einen Augenblick für mich zu haben. Ein paar Sekunden mit Dean in einem Raum und ich war wieder das achtzehnjährige Mädchen mit Herzchenaugen und Naivität statt Blut in den Adern! Wieso musste er nur so gut aussehen und diese Art, wie er mich vorhin angesehen hatte, machte Dinge mit mir, die ich um jeden Preis verhindern musste. Du bist eine erfolgreiche Geschäftsfrau und nicht mehr die dumme Nuss von früher! Emily Masters brauchte keinen dämlichen, kaffeetrinkenden Engländer, der ihr süße Dinge ins Ohr flüsterte und sie danach eiskalt sitzenließ. Nein, verflucht nochmal, diesen Typen würde ich auseinandernehmen und ihn dazu bringen, uns diese gottverdammte Verlängerung zu geben.

Ich sprang vom Bett hoch, schnappte mir eins der unzähligen Kissen und zerknautschte es in meinen Händen. Frustriert schlug ich darauf ein und riss und zerrte daran. Der ganze Kummer der letzten zehn Jahre brach aus mir heraus. Je mehr ich über ihn nachdachte, desto schlimmer flippte ich aus. Eine kleine Nagelschere lag auf dem Nachttisch und rief mir förmlich zu, sie in die Hand zu nehmen und die Kissen zu quälen. Irgendwas setzte gerade bei mir aus, aber es machte zu viel Spaß, um mich davon abzuhalten, als ich in das erste Kissen stach und mir die Federn entgegen wirbelten.

Eine halbe Stunde später klopfte es und ich ging vollkommen entspannt zur Tür. Ich öffnete und entdeckte Cassie, die gut gelaunt vor mir stand.

»Was … hast du …«, stammelte sie, während das Lächeln, mit dem sie mich bedachte erstarb. Sie öffnete noch einmal den Mund, sagte aber kein Wort. Vielmehr starrte sie mich entsetzt an und schob sich dann an mir vorbei. Ich schloss die Tür und drehte mich langsam zu ihr um. Sie blickte sich ungläubig im Zimmer um, bevor sie sich wieder an mich wandte.

»Emily, was um Himmels willen ist passiert? Es sieht aus, als wären hier ein Dutzend Gänse explodiert«, meinte sie vorsichtig und kam auf mich zu. Mit spitzen Fingern zupfte sie mir Federn aus dem Haar und zog dabei eine Augenbraue hoch.

Schulterzuckend sah ich mir das Ausmaß meiner Befreiungsaktion an und biss mir auf die Unterlippe. »Na ja, ich musste Dampf ablassen und da sind mir wohl die Sicherungen durchgebrannt.« Das gesamte Zimmer war über und über mit Daunen bedeckt und es gab wahrscheinlich nicht ein einziges heiles Kissen mehr in diesem Raum. Es sah aus, als hätte ich das Bühnenbild von Frau Holle geklaut und in mein Zimmer gestellt.

»Das lässt mich vermuten, dass die Aussprache mit Dean nicht gut gelaufen ist, richtig?« Ihre Frage klang traurig und meine gute Laune ließ wieder nach.

»Wenn du damit meinst, dass ich diesem Arsch lieber das hier antun würde, als nur ein weiteres Gespräch mit ihm zu führen, dann liegst du wohl richtig!«

»Was zum Teufel hat er getan? Er schien mir ganz vernünftig zu sein und er wollte sich deine Vorschläge anhören. George war auch der Meinung, dass es vielleicht eine Chance auf unsere Show gibt. Die beiden kennen sich schon ewig und Dean soll ein toller Kerl sein. Warum sieht es dann hier so aus und wieso erkenne ich meine Freundin nicht mehr wieder? Du machst solche Dinge nicht, du bist ruhig und entspannt. Also rück raus mit der Sprache, sonst gehe ich auf der Stelle zu seinem Zimmer und trete ihm in seinen Allerwertesten«, drohte sie und ich fand die Idee gar nicht so schlecht, doch das änderte nichts an unserem aktuellen Problem.

»Wir haben uns überhaupt nicht unterhalten, denn als ich ihn sah, bin ich nur noch weggelaufen«, gab ich geknickt zu und ließ mich aufs Bett fallen, woraufhin mir eine Wolke aus Federn ins Gesicht flog. »Cassie, er ist der Grund, warum ich keine Beziehung führe. Dean McDougal hat mir mein Herz gebrochen, als ich achtzehn war und jetzt ist er hier, um unseren Traum zu zerstören.« Cassie bekam große Augen, blinzelte mehrfach, bevor sie sich neben mich setzte und einen Arm um meine Schulter schlang.

»Er ist der Grund, weswegen du in den letzten Monaten immer wieder diesen grimmigen Ausdruck im Gesicht bekommst, wenn du in die Zeitung siehst, richtig?« Ich nickte und spürte, wie sich ein dicker Kloß in meinem Hals bildete. Niemand außer mir wusste von ihm, doch vielleicht wurde es Zeit, meine Demütigung mit jemandem zu teilen.

»Willst du die ganze Geschichte hören? Die, in der ich zur Königin der Idiotinnen erwählt wurde und er schuld an allem war? Eins kann ich dir verraten, sie hat kein Happy End«, erwiderte ich leise, woraufhin meine Freundin mitfühlend seufzte und mich ein weiteres Mal drückte, ehe sie mein Gesicht in ihre Hände nahm und mich zwang, sie anzusehen.

»Du bist meine beste Freundin und ich bin traurig, dass ich nichts von alldem wusste. Bitte erzähle mir, was passiert ist und dann überlegen wir uns einen Plan, wie wir ihn dazu bringen, hierbleiben zu können. Falls uns dann zufällig noch einfallen sollte, wie du dich an ihm rächen kannst, umso besser!« Sie zwinkerte mir zu und ich lächelte sie langsam an.

»Der Teil gefällt mir am besten!«, erwiderte ich ehrlich und wir machten es uns auf dem Bett bequem. »Ich würde sagen, ich fange mit unserem ersten Zusammenstoß an. Gott, war ich damals unschuldig und ich hatte keine Ahnung, wie sehr diese Begegnung mein Leben verändern würde.«

»Du hast ihn also geliebt?«, fragte Cassie vorsichtig. Ich zog die Schultern hoch und warf Federn in die Luft, bevor ich sie ansah.

»Mehr als mein Leben.«

Dean

Wie betäubt saß ich da, konnte nicht fassen, Emily wiedergesehen zu haben. Als ich sie damals vor zehn Jahren in Texas zurückgelassen hatte, war ich mir sicher, ihr niemals wieder zu begegnen. Tja, falsch gedacht!

Wie hieß es so schön: Die Welt ist ein Dorf. Doch dass ich ihr ausgerechnet hier über den Weg lief, war heftig. Sie, das unschuldige und anständige Mädchen vom Land, ausgerechnet in Las Vegas, der Stadt der Sünde! Damit hätte ich im Leben nie gerechnet. Wie war sie hierhergekommen, noch dazu als Anführerin einer strippenden Tanzgruppe? Emily war doch nie …

Mein klingelndes Telefon riss mich aus meinen Überlegungen. Es war meine Sekretärin, Martha.

»Ja?«, hob ich ab.

»Sir, Mr. Dupont hat angerufen, er möchte wissen, bis wann die neue Kaffeelieferung aus Gitega eintrifft.«

»Warum, ist er etwa schon wieder ausverkauft?« Manuel Dupont war der Leiter meiner ersten Delicious-Coffee Filiale in Paris. Der Laden brummte wie verrückt. Bei der Eröffnung vor einigen Tagen hatten die Leute unseren Laden förmlich gestürmt. Innerhalb von achtundvierzig Stunden waren wir mehr oder weniger komplett ausverkauft. Ein Erfolg, mit dem ich nicht gerechnet hatte. Oder besser gesagt, nicht in dem Ausmaß. In meiner Heimat, in England, hatte ich es geschafft, mir einen Namen in der Kaffeebranche zu erarbeiten. Doch hatte ich nicht damit gerechnet, dass Delicious-Coffee längst über die Grenzen des Landes hinaus bekannt war und die Filiale in Frankreich so gut laufen würde.

»Noch nicht, aber Mr. Dupont meint, dass der Vorrat nur noch zwei bis drei Tage halten wird.«

»Das ist kein Problem. Ich habe persönlich mit dem

Spediteur vor Ort in Afrika telefoniert. Die Lieferung wird morgen in Paris ankommen.«

»Sehr gut, dann sage ich Mr. Dupont sofort Bescheid.« Martha machte eine kurze Pause. »Und wann dürfen wir Sie zurück in London erwarten, Sir?«, fügte sie mit ihrer samtig weichen Stimme hinzu. Ich konnte sie praktisch vor mir sehen. Wie sie in einem dieser sexy Kostüme hinter ihrem Schreibtisch saß, die langen Beine übereinandergeschlagen, das Ende des Kugelschreibers zwischen den vollen Lippen. Martha Iwanow war heiß auf mich, daran bestand kein Zweifel. Unter anderen Umständen hätte ich mich auf die russische Schönheit mit Modelfigur und markanten Wangenknochen eingelassen, doch sie war meine Sekretärin und damit tabu. Obwohl ich, im Gegensatz zu meinem besten Freund George, ein offener Typ und für jeden Scheiß zu haben war, mied ich es, mich auf Angestellte einzulassen. Arbeit war Arbeit und Freizeit war Freizeit. Dass man diese Dinge nicht mischen durfte, war eine der Sachen, die ich früh gelernt hatte.

»Das lässt sich zurzeit schwer sagen«, antwortete ich nüchtern. »Morgen steht der Termin mit Mr. Walker an. Nach dem Gespräch werde ich mehr wissen.«

»Verstehe.« Martha klang gedrückt. »Ich dachte nur, weil Sie inzwischen eine ganze Weile weg sind und …«

»Was machen Sie eigentlich um diese Zeit noch im Büro?«, fuhr ich ihr nach einem Blick auf meine Uhr dazwischen. »Es ist nach sechs.« Da London Vegas acht Stunden voraus war, hatte meine Sekretärin eigentlich seit einer Stunde Feierabend.

»Ich weiß, aber ich wollte noch den Monatsabschluss fertig machen.«

»Das können Sie auch morgen. Machen Sie Schluss für heute und gönnen Sie sich Ihren Feierabend«, wies ich sie an.

»Okay, Sir.« Der Klang in ihrer Stimme war immer noch entschieden zu weich.

»Gut, dann bis morgen«, verabschiedete ich mich und legte auf. Nicht zum ersten Mal bereute ich, sie eingestellt zu haben. Martha war eine großartige Sekretärin, aber sie war auch eine schöne Frau und reizte mich mehr, als gut für mich war. Sie auf Abstand zu halten, war da das einzig Richtige.

Nachdem ich bezahlt hatte, zog ich mich auf mein Hotelzimmer zurück, um mich ein wenig auszuruhen. Der Flug und die Strapazen der letzten Tage steckten mir noch in den Knochen, weshalb ich fast augenblicklich einschlief. Gegen Mitternacht erwachte ich und konnte nicht fassen, den halben Tag verschlafen zu haben. Kurz überlegte ich, mich anzuziehen und mich nach unten an die Bar zu setzen. Doch ich war zu müde, um mich aufzuraffen. Also ließ ich mir einen Schinkenkäsetoast, eine Cola und einen doppelten Brandy aufs Zimmer bringen und überflog während des Essens meine Mails. Weil mein Kopf immer noch mürbe war, klappte ich den Laptop jedoch bald wieder zu und stellte mich ans Fenster. Den Brandy in einer Hand schwenkend, betrachtete ich Las Vegas Nachtleben unter mir. Menschenmassen drängten sich die Bürgersteige des Strips entlang – gierig auf die Attraktionen, die es hier zu entdecken gab. Um sie herum blinkten Leuchtreklamen, deren künstliches Licht sich im vorbeirollenden Verkehr und auf der Straße spiegelte. Ich war nicht das erste Mal hier und wusste, wie diese Stadt auf Menschen wirkte – kannte den Sog, den sie auf einen auszuüben vermochte. Vegas war wie eine andere, eine eigene kleine, glitzernde Welt, in der Träume wahr werden konnten. Meine Träume würden es auf jeden Fall werden. Ich war sicher, auf dem richtigen Weg zu sein. Wenn ich das Liberty erst in ein Nobelhotel umgebaut hatte, würde mir der amerikanische Markt zu Füßen liegen. Dann würde die Siegesära von Delicious-Coffee auf ein neues Level aufsteigen und mich zu einem noch reicheren Mann machen. Bis dahin galt es, mich an meine Pläne zu halten und keine Zeit zu verschwenden. Normalerweise war ich eher der chaotische Typ, der sein Leben genoss und nichts besonders eng sah. Aber wenn es um meine Karriere ging, konnte ich verbissen sein, und an diesem Hotel und seiner Sanierung hing für mich einiges ab. Mir kam George und seine kleine Freundin in den Sinn … und Emily – alias Sugar. Ich nahm einen Schluck Brandy, während ich gedankenverloren auf den Menschenstrom unter mir blickte. Wie sie mich aus ihren wunderschönen Mandelaugen angesehen hatte. Auf den Zügen einen Ausdruck von Überraschung, Schmerz und – und das hatte ich vermutlich verdient – Hass. Viele Jahre hatte ich nicht mehr an sie gedacht, hatte die hübsche Texanerin mit den großen Träumen ganz vergessen. Mein Leben war schlichtweg zu voll gewesen, als dass ich der Vergangenheit hätte nachhängen können. Eine Erinnerung erwachte vor meinem geistigen Auge. Ich sah Emily und mich im Heustock. Es war die erste Nacht, die sie mit mir verbrachte. Obwohl es lange her war, konnte ich mich deutlich an ihre langen Beine erinnern, an denen ich mich emporgeküsst hatte. An ihre kleinen festen Brüste, den flachen Bauch und ihre eleganten und anmutig hervortretenden Schlüsselbeine. An diesem Abend entwickelte ich eine Vorliebe für schlanke Frauen, erinnerte ich mich. Und für große, dunkelgrüne Mandelaugen. Je länger ich überlegte, desto deutlicher wurde mir bewusst, dass sich in meinem Beuteschema gravierende Ähnlichkeiten mit Emily erkennen ließen. Die Mädchen von Tinder hatten größtenteils ihre schmale Statur. Meine Ex Sonja dieselben moosgrünen Augen und filigranen Gesichtszüge. Verdammt, sogar die Popcornverkäuferin aus dem Kino, mit der ich neulich eine Nummer auf dem Personal-WC geschoben hatte, glich Emily. So betrachtet, war das Ganze echt creepy. Vor allem, weil ich nie mehr an sie gedacht hatte. Zumindest nicht bewusst. Und doch schien sie die ganze Zeit in meinem Unterbewusstsein herumgespukt zu haben.

Ein letztes Mal schwenkte ich meinen Brandy. Nachdenklich betrachtete ich die bernsteinfarbene Flüssigkeit, die eine Runde in meinem Glas drehte, ehe ich den Rest in einem Schluck herunterkippte. Dann legte ich mich wieder hin. Es war Zeit, den Kopf frei zu bekommen. Immerhin lag morgen das Gespräch mit dem Hotelbesitzer, Walker, vor mir. Da wollte ich fit sein.

Es wurde eine unruhige Nacht, voller Träume von dunkelgrünen Augen und langen Beinen, die sich um mich schlangen.

Am nächsten Morgen stand ich gerade vor dem Spiegel im Badezimmer und band meine Krawatte, als es an der Tür klopfte.

»Herein!«, rief ich in Vermutung, es wäre das Zimmermädchen. Doch statt des Reinigungspersonals tauchte George hinter mir im Türrahmen auf. Er hatte sich an der Rezeption wohl den Zweitschlüssel geben lassen. Das schockierte mich nicht, aus Sicherheitsgründen besaß er für alles einen Ersatzschlüssel. Egal ob für meine Firma, meine Wohnung, oder nun eben mein Hotelzimmer. So stellte ich sicher, dass wenn ich mal verhindert war oder - was häufiger geschah - was vergessen hatte, George sich in meiner Abwesenheit darum kümmern konnte.

»Guten Morgen«, begrüßte ich ihn und warf ihm durch den Spiegel einen Blick zu. Wie immer war er perfekt gestylt. Das dunkle Haar hatte er streng zurückgegelt, der Anzug saß perfekt und auf seinen Wangen war nicht einmal ein Hauch eines Bartschattens zu erkennen. Er war hier, um mich zum Termin mit Walker zu begleiten. Da George nicht nur mein Freund, sondern auch Anwalt war, durfte er beim Meeting heute natürlich nicht fehlen. Ich hatte ihn gestern Abend noch angerufen und alles mit ihm besprochen. »Bereit fürs Meeting?«

»Ja, aber vorher muss ich dich noch was fragen.«

»Was fragen?« Ich drehte mich zu ihm um und sah ihn mit in Falten gelegter Stirn an.

»Es ist wegen der Mädchen. Hast du schon entschieden, ob du sie behalten wirst?«

»George«, sagte ich belustigt und schloss meine Manschettenknöpfe. Er wusste genauso gut wie ich, dass eine Tanzgruppe wie die Honey Lips nicht in ein Nobelhotel wie das, das ich geplant hatte, passte.

»Ich weiß, ich weiß.« Die Hände kapitulierend erhoben kam er zu mir in den Raum. »Die Truppe ist recht provokant. Aber sie sind gut, einmalig möchte ich sagen und ...«

»... und ich überlege es mir«, fiel ich ihm dazwischen. Ich war wie üblich spät dran und hatte keine Zeit, über den Verbleib von Emilys Mädchen zu diskutieren. Auch wenn der Gedanke an meine hübsche Verflossene ein Kribbeln in meinem Bauch weckte. »Okay, wars das dann? Können wir los?« Die Miene meines Freundes, den ich eben am Arm nehmen und mit mir aus dem Badezimmer ziehen wollte, ließ mich innehalten. »Was ist?« Mir gefiel der ernste Ausdruck auf seinen Zügen nicht.

»Cassie und ich werden morgen nach England fliegen, um ein paar Tage Urlaub zu machen.«

»Urlaub?« Wie bitte? Was war denn jetzt los? So kannte ich meinen Workaholic-Kumpel nicht. Soweit ich mich erinnern konnte, hatte sich George nie länger als einen Tag frei genommen. Er war ein Arbeitstier – durch und durch!

»In letzter Zeit ist viel geschehen. Ich möchte Cassie meine Heimat zeigen und ein paar Tage in Ruhe mit ihr verbringen.«

»Dich hat es voll erwischt, was?« Das war neu. Normalerweise ließ er niemanden an sich ran. Diese Cassie musste wirklich was Besonderes sein. Dass es ihr gelungen war, die harte George-Nuss zu knacken und zu ihm durchzudringen, war erstaunlich.

»Das kann man wohl sagen«, gestand er mit einem verlegenen Lächeln. »Hör mal, die Honey Lips bedeuten Cassie einfach alles, bitte versprich mir, ernsthaft über ein Angebot nachzudenken.« Eigentlich hätte ich spätestens jetzt laut lachen und etwas wie *vergiss es*, oder *sonst noch was?* sagen sollen. Aber wie hätte ich das können, wo er mich doch mit diesem flehentlichen Blick ansah?

»Ich lass es mir durch den Kopf gehen«, versprach ich, auch wenn ich für mich selbst bereits den Entschluss gefasst hatte, die Mädchen abzuservieren. Eine Frau in meinem Leben, die mir den Kopf verdrehte und für mich arbeitete, reichte vollkommen. Da würde ich mir bestimmt keine zweite antun, indem ich Emily und ihre Truppe in mein Haus aufnahm. »Jetzt komm. Wir sind spät dran.« Während George und ich uns auf den Weg zum Hotelinhaber machten, lenkte ich das Thema bewusst auf die vor uns liegende Besprechung. Ich hatte keine Lust, länger über Emilys Truppe zu sprechen. Die Texanerin geisterte mir auch so schon zu oft durch den Kopf. Vor Walkers Büro angekommen, empfing uns eine Frau um die siebzig, mit lila gefärbten Haaren und einer Brille auf der Nase, die ihre Augen unheimlich groß aussehen ließ.

»Mr. Brown!«, begrüßte die alte Dame meinen Freund und erhob sich. Obgleich sich unter ihrem, in die Jahre gekommenen Chanel Kostüm, ein kleiner Buckel abzeichnete und ihre Beine dürr wie Strohhalme waren, wirkte sie keineswegs zerbrechlich.

»Gute Tag, Pamela«, erwiderte George mit einem Lächeln. »Mr. McDougal und ich haben einen Termin bei Mr. Walker.«

»Richtig, richtig«, bestätigte sie und tippte mit einem knochigen Finger auf einen altmodischen Papier-Zeitplaner auf ihrem Tisch. Wie konnte man nur im einundzwanzigsten Jahrhundert noch so arbeiten? *Wenn ich den Schuppen hier übernehme, wird dieser Steinzeitkrempel entsorgt,* beschloss ich im Stillen, während Pamela hinter ihrem Schreibtisch hervortrat und uns zur Bürotür ihres Chefs führte. Sie klopfte, bevor sie, ohne eine Antwort abzuwarten eintrat und uns ankündigte.

»Sir, Mr. Brown und Mr. McDougal sind hier.«

Emily

Zehn Jahre zuvor

»Dann bis morgen«, rief ich Sally zu, die am Empfang des Dancepalace saß und mir zum Abschied zuwinkte. Der Name war eigentlich das Gegenteil von dem, was man im Inneren vorfand. Es war ein schlichter Raum, der in einem kleinen Dorf in der Nähe von Austin lag, und in dem Sally und ich seit unserem High-School Abschluss vier Mal die Woche Tanzstunden gaben. Die Besitzerin, Mrs. Leroy, war ein alterndes Starlett, die vor gefühlten fünfzig Jahren einmal einen Auftritt am Broadway hatte und seitdem ihrem kurzen Ruhm hinterhertrauerte. Nur selten ließ sie sich hier noch blicken und überließ uns immer mehr die Führung des Ladens. Sie hatte ihre Hoffnungen, groß herauszukommen, nie aufgegeben und dafür bewunderte ich sie. Für mich war sie ein Vorbild, zwar wollte ich nicht an den Broadway, aber ich würde alles für eine Tanzkarriere in New York tun. Darum sparte ich jetzt jeden einzelnen Cent, um mich an einer Hochschule für Tanz zu bewerben.

Gedankenverloren ging ich durchgeschwitzt, aber völlig zufrieden, aus dem Laden und bog gerade um die Ecke, als ich Dean zum ersten Mal sah. Oder vielmehr hörte ich ihn, bevor ich mich belustigt nach dem Unruhestifter umsah, der sich lauthals beschwerte.

»Das nennen Sie einen Kaffee? Ich glaube, ich werde nie wieder etwas Schlimmeres in den Mund bekommen! Dieses Gesöff ist eine Beleidigung für meine Zunge, ganz zu schweigen von meinem Geschmackssinn«, pöbelte er Willie, den Besitzer des einzigen Cafés in dieser Stadt, an. Dieser hatte die Arme vor der Brust verschränkt und war sichtlich entrüstet über den lautstarken Ausbruch des Fremden.

»Was fällt dir ein, Bürschchen? Ich verkaufe seit dreißig

Jahren meinen Kaffee in dieser Stadt und du bist der Erste, dem er nicht schmeckt«, verteidigte er sich und schaute sich hilfesuchend nach einem Verbündeten um. Um diese Zeit aßen die meisten zu Mittag und in dem kleinen Café war so gut wie nichts los.

Bevor ich auf die andere Straßenseite huschen konnte, um dem Kommenden zu entgehen, hatte er mich schon ins Visier genommen und rief mir schon zu: »Emily, würdest du diesem Fremdling erklären, dass mein Kaffee der beste der Stadt ist?« Ich stöhnte leise und rollte mit den Augen. Natürlich würde ich meinem besten Kaffeedealer nicht in den Rücken fallen, also ging ich näher an die beiden Streithähne heran. Zum einen, um Willie zu verteidigen und zum anderen, um zu sehen, wer es wagte, sich mit ihm anzulegen. Schließlich war unser Cafébesitzer ein waschechter Kriegsheld. Er hatte in Vietnam gedient und sich danach hier in Texas niedergelassen. Natürlich gab es besseren Kaffee, aber wenn man aufs Geld achten musste und trotzdem was brauchte, um wach zu bleiben, war sein schwarzes Gold einfach gut.

»Willie macht den besten ...«, weiter kam ich nicht, denn in diesem Augenblick drehte sich der Fremde zu mir um und nichts war mehr, wie es sein sollte. Sein eindringlicher Blick, dieses atemberaubende Gesicht und der zu einem Grinsen verzogene Mund machten mich sprachlos und ließen mich alles vergessen.

»Du wirst unsere Romanze doch nicht mit einer Lüge beginnen, oder?« Er wippte auf den Fersen und starrte mich neugierig an, während ich noch immer versuchte, mich ans Atmen zu erinnern.

»Bitte, was?«, hakte ich verdattert nach und konnte nichts tun, als ihn weiterhin anzustarren. Seine sportliche Figur steckte in einem einfachen grauen Shirt und einer eng sitzenden Jeans. Mein Blick wanderte von seinem

vollen, dunklen Haar zu seinen giftgrünen Augen. So etwas hatte ich noch nie gesehen. Diese Augen sprühten vor Intensität und ich wusste, wenn ich sie nur eine Sekunde zu lange ansehen würde, würde ich mich in ihnen verlieren. Also eiste ich mich los und sah weiter an ihm herab und zu seinen sehnigen Unterarmen. Das war´s, spätestens jetzt war ich restlos verloren! Ich stand auf Arme und diese waren einfach perfekt. Ich hörte ihn wieder etwas zu mir sagen, doch das einzige, was mein Gehirn wahrnahm, war die schmutzige Fantasie, wie diese Arme mich packen würden und …!

»Emily, geht es dir nicht gut? Du bist so rot im Gesicht!«, hörte ich Willie laut sagen und endlich bekam mein armes Hirn wieder genügend Sauerstoff. Peinlich berührt fuhr ich mir durch den feuchten, langen Pferdeschwanz und biss mir auf die Unterlippe. Ich mied den neugierigen Blick des Fremden und konzentrierte mich nur auf den Kaffeebecher auf dem Tresen, der zur Straße hinausführte und die Laufkundschaft befriedigte.

»Ich komme gerade von der Arbeit, Willie, deswegen bin ich so erhitzt. Du weißt doch, wie ich den Damen vom Buchclub immer einheize«, redete ich mich heraus und riskierte einen kurzen Seitenblick. »Der Kaffee ist wirklich gut. Du solltest ihm eine Chance geben«, erklärte ich Dean, der jetzt näher kam und mich weiterhin offen taxierte.

»Vielleicht hast du recht. Wenn du ihn mit mir trinken würdest, dann wird er auf jeden Fall genießbarer werden.« Ich kicherte, ein Zustand, der ansonsten nie vorkam und mich total entsetzte. Mein grenzdebiles Auftreten musste ich schleunigst unter Kontrolle bekommen, denn ich hatte keine Zeit für Flirtereien. Und vor allem nicht mit so einem heißen Exemplar, dass meine Synapsen schon Feuer fingen. Dazu kam noch ein leichter,

britischer Akzent, der mich sofort an Downton Abbey denken ließ. Diese Kombination aus gutaussehend und der Charmeoffensive ließ all meine Warnschilder leuchtend rot blinken.

»Ich kenne dich nicht und ich weiß auch nicht, ob du dir hier Freunde schaffen wirst, indem du den einzigen Mann, der im Besitz einer Espressomaschine ist, beleidigen solltest«, gab ich zu bedenken und schenkte Willie ein Augenzwinkern. Der hatte sich schon wieder beruhigt und machte mir meinen heißgeliebten doppelten Espresso mit extra viel Milchschaum, ohne dass ich ihn bestellen musste. Wie gesagt, ich war hier öfter als bei jedem anderen männlichen Bewohner in dieser kleinen Stadt.

»Es würde mir reichen, dich kennenzulernen. Um den Kaffee kümmere ich mich dann selbst. Ich mache den Besten der Welt. Mein Name ist übrigens Dean«, stellte er sich vor und hielt mir seine braungebrannte Hand hin. Ich wusste, ich würde einen Fehler begehen, wenn ich seine Haut berührte, konnte mich aber trotzdem nicht davon abhalten, genau das zu tun. Wäre ich die Hauptfigur in einem Cartoon gewesen, wären mir Herzchen aus den Augen geflogen, sobald meine Hand in seiner lag. Blinzelnd schaute ich ihm ins Gesicht und er trat noch einen Schritt näher an mich heran. Keiner von uns sagte in diesem Moment ein Wort. Wir standen einfach nur da und die Zeit blieb irgendwie stehen.

»Emily«, antwortete ich heiser und jetzt wusste ich, was meine Mom damit meinte, als sie bei jedem Liebesfilm, den wir uns gemeinsam ansahen, behauptete, dass es Liebe auf den ersten Blick wirklich gab.

»Bereit, den besten Sommer aller Zeiten zu erleben?«, wollte er von mir wissen und ich konnte nicht anders, als zu lächeln. Dean war fast dreist, doch die Art, wie er mich dabei ansah, machte aus mir einen Haufen Hormone, die

ihm unbedingt glauben wollten. Bevor ich überhaupt nachdenken konnte oder die Chance bekam, es mir nochmal zu überlegen, hatte Dean es mit nur einer einzigen Berührung geschafft, mein Leben für immer zu verändern. Diese Entscheidung blieb für mich die beste und auch die schlimmste, die ich je getroffen hatte. Einige Wochen später saß ich allein auf einer Düne am Strand und das einzige, das von ihm übrig blieb, war ein verdammter Zettel, auf dem stand: Es tut mir leid!

»Was? Das war´s? Du kannst doch jetzt unmöglich aufhören! Ich will wissen, wie dieser Kerl es geschafft hat, dich so zu verändern und wieso ist er einfach abgehauen?« Cassie bombardierte mich mit Fragen, auf die ich genauso wenig Antworten hatte, wie vor zehn Jahren. Ich rieb mir über die Augen und seufzte laut, um die unterschiedlichen Gefühle in mir herauszulassen.

»Ich werde dir ein anderes Mal erzählen, wie es weiterging. Fürs Erste reicht es hoffentlich, um dir zu verdeutlichen, wie schlimm unsere Lage jetzt ist. Er hat angeblich damals was für mich empfunden und hatte kein Problem damit, einfach so zu verschwinden. Was denkst du wohl, wie er mittlerweile drauf ist, wo ihm halb England und dazu noch der verdammt noch mal beste Kaffee der Welt gehört?«, keifte ich los und scannte das Zimmer nach einem Kissen, das meinen vorherigen Anfall überlebt hatte.

»Das ist es, darum trinkst du, seitdem wir uns kennen, keinen Kaffee? Wegen Dean?«, keuchte meine Freundin entsetzt. Diese Tatsache laut ausgesprochen zu hören, machte sie um ein Vielfaches demütigender.

»Ich weiß, ich bin erbärmlich, nicht wahr? Aber immer, wenn ich den Geruch von diesem Zeug in die Nase bekomme, sehe ich seine blöde Visage! Sag es bloß niemandem, die anderen würden mich für komplett bescheuert halten«, flehte ich sie an. Cassie nahm sich eine Feder, die neben uns auf dem Bett lag und starrte sie eindringlich an.

»Weiß Dean von diesem einen Auftritt vor ein paar Jahren im Fernsehen? Dass du diesen einen speziellen Tanz perfektioniert hast und wir deswegen auch die Show gewonnen haben?« Ich legte den Kopf schräg und dachte an unser kurzes Aufeinandertreffen vorhin. Er schien eher erstaunt zu sein und darum ging ich davon aus, dass er die Talentshow von vor drei Jahren nicht gesehen hatte. Wahrscheinlich wurden im spießigen England solche Formate nicht gezeigt, mutmaßte ich.

»Nein«, gab ich gedehnt zurück und schaute dabei zu, wie meine Freundin dieses Funkeln in den Augen bekam. Jedes Mal, wenn ich diesen Blick an ihr sah, wusste ich, es gab noch Hoffnung. »Was schlägst du vor?«

»Du wirst ihn in die Knie zwingen, Emily. Wir beide werden jede freie Minute damit verbringen, dich wieder topfit zu machen. Dann wirst du ihm zeigen, wie dumm es wäre, dich ein zweites Mal gehen zu lassen.« Sie grinste verschwörerisch. »Und diese Federn hier haben mich auf eine hervorragende Idee gebracht«, erklärte sie und ich schüttelte ungläubig den Kopf.

»Moment mal, ich will ihn nicht zurück. Bist du verrückt? Ich würde lieber wieder Burger an ungepflegte Männer in Feinrippunterhemden verkaufen, als mich auf ihn einzulassen«, gab ich entrüstet zurück, doch sie bremste mich aus, indem sie mir die Hand auf den Mund legte.

»Ruhig, mein Herz. Du sollst ihn nicht in dein Bett lassen. Wir werden lediglich dafür sorgen, dass ihm sein Schwanz vor Kummer blau anläuft, weil er nie wieder in den Genuss kommen wird. Du wirst für ihn tanzen, und zwar ganz allein und privat. Er wird dich anflehen, wahrscheinlich auf dem Boden kriechen und betteln«, meinte sie und kicherte fies. »Du wirst genau den Tanz aufführen, den du in der Show getanzt hast, mit dem feinen Unterscheid, dass du ein neues, sehr spezielles Kostüm tragen wirst.«

»Und was, wenn es nicht klappt? Warum sollte er mich heute mit anderen Augen sehen als damals?«, wollte ich wissen. Aufregung und Angst dominierten meine Gefühlslage, doch sie hatte nicht ganz Unrecht. Von mir hing unsere Zukunft ab und ich würde ihn eher umbringen, als dass ich den Schwanz einzog. Cassie sprang auf, zog mich mit sich und klatschte vergnügt in die Hände. »Du hast einen großen Vorteil im Gegensatz zu früher. Weil du heute nicht mehr in ihn verliebt bist, wirst du gewinnen. Du kannst all deinen Frust in diesem Tanz rauslassen, ohne dass er nur den blassen Hauch einer Ahnung hat. Sei wütend, aber sexy und zeig, was du kannst. Alles andere erledigt sich von selbst.«

»Bist du dir sicher?«

»Und ob ich das bin, Emily. Du hast wohl vergessen, wie viel Macht wir über unser Publikum haben, was? Schau dir George an. Erst hält er mich für die Putzfrau und nun will er mit mir nach England reisen. Ach, verdammt, das hatte ich ja ganz vergessen«, sagte sie zerknirscht und ich lachte auf, als sie eine Schmolllippe zog.

»Du möchtest jetzt mit ihm wegfliegen? Dein Timing ist ganz schön schlecht«, entgegnete ich, doch ich würde ihr nicht im Weg stehen. »Aber was tut man nicht alles für die Liebe. Ich kann dir eine Woche freischaufeln, ohne dass die anderen Mädels in Bedrängnis wegen der Show kommen.« Sie quietschte euphorisch und umarmte mich stürmisch. Ich erwiderte ihre Umarmung und machte mir im Kopf schon ein paar Notizen zu meinem persönlichen Rachefeldzug.

»Aber wer wird dir mit den Vorbereitungen helfen?«,

fragte Cassie und ich gab ihr einen Kuss auf die Wange.

»Mach dir darüber keine Gedanken, ich werde das allein hinbekommen und die Federn werden einen ganz gewissen Teil meines Tanzes ausmachen. Er wird sich am Ende wünschen, niemals Amerika oder mich verlassen zu haben.«

»So kenne und liebe ich dich. Du wirst ihm den Arsch aufreißen und dir dann endlich jemanden suchen, der besser zu dir passt. Am Ende wird alles gut werden«, antwortete sie enthusiastisch und ich nickte ebenso begeistert, obwohl mein Herz mir weiterhin zuschrie, dass es nur den Einen wollte. Verdammt!

Dean

»Soll ich Ihnen einen frischen Kaffee bringen?«, erkundigte sich Pamela, die mit ihrem Silbertablett neben Mr. Walker stand und mich mit einem von Falten umwobenen Lächeln bedachte. *Bloß nicht!* Das Zeug, das sie einem hier andrehten, Kaffee zu schimpfen, war eine Frechheit!

»Nein, vielen Dank«, winkte ich ab und verzog unwillkürlich den Mund. Mir lag noch immer der säuerlich bittere Geschmack von dem Schluck, den ich gekostet hatte, auf der Zunge. Diese Brühe war eine Beleidigung für meine Geschmacksnerven. Keine Spur eines anständigen Aromas. Ganz zu schweigen von irgendwelchen Nuancen. Das Zeug war einfach nur stark und bitter. Ekelhaft! Ich beschloss, mich in den kommenden Tagen in Vegas umzusehen. Wenn der Kaffee in den anderen Hotels auch nur ähnlich so ungenießbar war, würde ich hier mit Delicious-Coffee leichtes Spiel haben. Aber erst einmal galt es, den Deal mit Walker endlich unter Dach und Fach zu bringen.

»Also dann«, fuhr der Hotelinhaber, der mir in seinem ausgeblichenen Maßanzug gegenübersaß, fort, während seine Sekretärin den Raum verließ. Walker war ein untersetzter Mann von etwa sechzig Jahren. Er hatte lichtes, graues Haar, einen Schnauzer, der an einen Seehund erinnerte und kluge, von struppigen Brauen überspannte Augen. »Wo waren wir stehen geblieben?«, fragte er.

»Beim Umbau des Casinos«, erinnerte George, der zu meiner rechten saß und sich schon die ganze Zeit über Notizen machte. Er war der geflissentlichere von uns beiden, wog seine Entscheidungen stets mit Bedacht ab, während ich für gewöhnlich aus dem Bauch heraus entschied.

»Richtig. Nun, wir haben vor zwei Jahren einen Großteil

der Spielautomaten erneuert und die Bar renoviert.«

»Und die Sanitäranlagen?«, erkundigte sich George, ohne von seinen Unterlaugen aufzusehen. »Unser Sachverständiger meinte, die wären nie erneuert worden. Auch nicht bei der Generalsanierung in den achtziger Jahren. Kann das sein?«

»Das …« Der Schnauzer des Hotelmanagers sträubte sich, als er ertappt die Lippen verzog. »… ist richtig.« Eines musste man meinem Freund lassen, er wusste, wie man derartige Besprechungen führte.

»Warum?«, hakte er hartnäckig nach, während die Spitze seines Kugelschreibers über das Papier glitt.

»Weil die Anlagen damals noch gut in Schuss waren«, lautete Walkers Erklärung. Seine großen Hände vor sich auf dem Tisch, verschränkte er die Finger ineinander und sah meinen Freund abwartend an. Man musste kein Genie sein, um zu begreifen, worauf George hinauswollte. Er hatte sich in den letzten Tagen hier umgesehen und mit unserem Sachverständigen das Hotel auf Herz und Nieren durchgecheckt. Jetzt versuchte er den Preis zu drücken, indem er Walker die Mängel seines geliebten Liberty unter die Nase rieb. Das war typisch für ihn. Obwohl ich bereits mündlich zugesagt hatte, und damit mit Walkers Angebot einverstanden war, versuchte er trotzdem, noch ein paar tausend Dollar herauszuschlagen. Immerhin hatte ich noch nicht unterzeichnet, was die Möglichkeit für ein paar finale Verhandlungen ließ. Normalerweise schätzte ich Georges Verhandlungstalent und seinen »Biss«, mit dem er an derartige Projekte ran ging. Damit hatte er mir schon oft gute Dienste erwiesen und mich zu einem fast unanständig reichen Mann gemacht. Hier jedoch sah die Sache etwas anders aus. Dieses Projekt war mir zu wichtig, als dass ich vorhatte zu verhandeln und damit einen Rückzieher Seitens des Inhabers zu riskieren. Ich wollte das Liberty.

Unbedingt!

»Und das Dach?«, erkundigte sich George weiter.

»Saniert und gut in Schuss«, lautete die Antwort.

»Die Poolanlage?«

»In den Achtzigern renoviert.«

»Was davon?« Den Kopf hebend, maß mein Freund den Manager mit einem wissenden Blick.

»Die Reinigungsanlage.«

»Und das Becken?«

Walkers breiter Kiefer begann zu arbeiten. »Ist in einem anständigen Zustand«, erwiderte er in warnend tiefem Ton.

»Für sein Alter bestimmt«, gab George unbeeindruckt zurück.

»Hören Sie ...« Walkers Augen wurden schmal. »Ich habe nie ein Geheimnis daraus gemacht, dass mein Hotel etwas in die Jahre gekommen ist. Aber ...« Ich spürte, wie die Stimmung langsam, aber sicher kippte. »..., wenn Sie vorhaben, mich kleinzumachen, um den Preis zu drücken, dann ...«

»Niemand will Sie hier kleinmachen«, beeilte ich mich, in das Gespräch einzusteigen, bevor mein motivierter Freund den Inhaber noch verprellte. Walkers blassblaue Augen schwenkten auf mich. »Diese Anlage ist jeden Cent wert, den ich verlange«, erklärte er nachdrücklich.

»Das ist uns durchaus bewusst«, versicherte ich mit einem tausend Watt Lächeln. »Mr. Brown wollte nur noch einmal den Sachverhalt festhalten.« Aus dem Augenwinkel heraus sah ich, dass George mir einen verstohlenen und ungläubigen Blick zuwarf. Keine Frage, er war sich sicher, den Preis um ein paar zehntausend Dollar herunterhandeln zu können. Aber das war nicht notwendig. Ich wollte dieses Hotel, koste es, was es wolle. Im Ernst, selbst wenn Walker das Doppelte verlangt hätte, hätte ich zugeschlagen. Eine Chance wie diese – als Europäer an ein Hotel in

Las Vegas, noch dazu direkt am Strip, zu kommen – war einmalig!

»Nun.« Walker lehnte sich in seinem Bürostuhl zurück und legte die Fingerspitzen aneinander. »Wenn wir in der Sache einer Meinung sind, Mr. McDougal, schlage ich vor, lasse ich meine Anwälte die Papiere vorbereiten.« Ein wissendes Schimmern erschien in seinen Augen. Er wusste, dass er mich am Haken hatte.

»Tun Sie das«, sagte ich ruhig.

»Aber, Dean. Willst du nicht wenigstens den finalen Bericht des Sachverständigen abwarten?« *Wozu? Um unnötig Zeit zu verschwenden? Nein, danke. Mir ist egal, ob das Hotel weitere Mängel hat,* überlegte ich im Stillen. *Sobald das Gebäude in meinem Besitz ist, werde ich es ohnehin komplett aushöhlen und in einen Luxuspalast umbauen.*

»Schon gut, George. Ich brauche keinen Bericht. Es ist Zeit, Nägel mit Köpfen zu machen.« Walkers bedächtiges Nicken bestätigte, dass er ganz meiner Meinung war. Daraufhin erwiderte George nichts mehr, sondern steckte die Kappe des Kugelschreibers auf die Spitze seines Stiftes und legte ihn auf die Unterlagen. Ich wusste, er fand mein Verhalten unbedacht, um nicht zu sagen unprofessionell. Aber das war mir egal. Wie gesagt, ich wollte das Liberty. Je eher es in meinem Besitz war, desto besser.

»In Ordnung«, sagte ich und erhob mich. »Ich werde voraussichtlich ein paar Tage in der Stadt bleiben«, erklärte ich, während die anderen sich ebenfalls erhoben.

»Gut zu wissen.« Der Manager reichte mir über die Tischplatte hinweg die Hand, die ich ergriff und schüttelte. Doch als ich sie zurückziehen und mich zum Gehen umwenden wollte, ließ der alte Mann nicht los. »Eins noch«, sagte er mit eindringlicher Stimme, während er mich mit seinen blassen Augen taxierte. »Das Liberty ist wie eine eingeschworene kleine Familie. Viele meiner Angestellten arbeiten seit Jahrzehnten für mich. Wenn Sie vorhaben, diese Leute nicht zu übernehmen, bestehe ich darauf, dass sie frühzeitig informiert werden.« *Als ob seine Schäfchen nicht längst von der Übernahme wüssten,* dachte ich bei mir und unterdrückte ein Kopfschütteln. »Ich möchte, dass sie genug Zeit haben, sich nach einer neuen Stelle umzusehen.«

»Verstehe. Ich werde das Personal rechtzeitig informieren«, versprach ich und merkte, wie sich George neben mir versteifte. Die Sache mit seiner Cassie und den Honey Lips war ein Problem, das es noch zu lösen galt. Einerseits war er mein bester Freund, sein Mädchen und ihre Crew zu feuern war alles andere als ein feiner Zug. Andererseits ging es hier ums Geschäft und das sollte nicht mit Privatem vermischt werden. Der Meinung, das wusste ich, war im Grunde auch er.

Während George und Walker sich verabschiedeten, wir das Büro verließen und den Fahrstuhl ansteuerten, überlegte ich, wie ich ihm erklären sollte, dass ich nicht vorhatte, die Mädchen zu übernehmen. Die neugierigen Blicke der Sekretärin im Rücken, drückte ich auf den Rufknopf des Fahrstuhls.

»Ich brauche einen anständigen Kaffee, dringend«, murrte ich, als es ein »Pling« gab und die Türen aufglitten.

»Das habe ich mir schon gedacht«, meinte George, der neben mir in die verspiegelte Kabine trat und den Knopf fürs Erdgeschoss drückte. Bestimmt war er der Meinung, dass meine miese Laune vom Koffeinentzug rührte. Dabei lag mir nichts anderes als die Sache mit den Honey Lips im Magen. »Es gibt da ein paar Hundert Meter den Strip hinauf ein kleines Café. Cassie meint, die hätten da einen erstklassigen Espresso. Apropos Cassie«, sagte er, schob die Hände in die Hosentaschen und wandte sich mir zu.

»Weißt du inzwischen, ob du ihre Tanzgruppe übernehmen wirst? Ich will dir nicht auf die Nerven gehen, aber die Sache ist mir wichtig.«

»Schon klar.« Ich gab mir Mühe locker zu wirken, während mein Magen sich unangenehm verkrampfte. Ich musste die Angelegenheit bald klären, wenn ich unnötigen Stress und Diskussionen vermeiden wollte. »Ich brauche etwas Zeit, um mir das Ganze in Ruhe durch den Kopf gehen zu lassen.«

»Verstehe.« George kannte mich gut genug, um zu wissen, dass das eine Lüge war. Er wusste, dass ich niemand war, der lange für Entscheidungen brauchte. Wie schon erwähnt, war ich der Typ Mensch, der auf seinen Bauch hörte und in der Regel intuitiv entschied. Trotzdem beließ er es dabei und bohrte nicht weiter nach. Stattdessen kam er auf das Meeting zu sprechen.

»Dir ist klar, dass du mit deiner Ungeduld Walker in die Karten gespielt hast?«

»Durchaus«, entgegnete ich und schob meinerseits die Hände in die Hosentaschen.

»Ich hätte locker fünfzig bis hunderttausend für dich rausgeschlagen.«

»Ja, das glaube ich auch.«

»Und warum dann die Eile?« Georges Stirn kräuselte sich verständnislos.

»Weil ich nicht riskieren will, dass er einen Rückzieher macht.«

»Warum sollte er? Die Sache ist so gut wie durch, er …«

»Du bist selbst ein Firmeninhaber«, unterbrach ich meinen Freund. »Stell dir vor, in dreißig, fünfunddreißig Jahren willst du in Pension. Um deine Ruhe vor den Aasgeiern in London zu haben, übergibst du die Kanzlei einem Fremden aus Übersee. Wie würde sich das für dich anfühlen?« Der Fahrstuhl stoppte und die Tür glitt auf. Eine schlecht geschminkte, grauhaarige Dame mit ausladendem Vorbau stieg zu uns in die Kabine. George begrüßte die Frau mit einem Nicken, woraufhin sie ihm ein Lächeln schenkte, das ihre von pinkem Lippenstift verschmierten Zähne zeigte. Wir rückten weiter nach hinten, um unser Gespräch fortzuführen. »Stell dir vor«, sagte ich mit gedämpfter Stimme, »du müsstest diesem Fremden all das überlassen, was du dir über Jahre hinweg aufgebaut hast. Du müsstest deinen Kundenstock und deine treuen Angestellten in seine Obhut übergeben.« Ich schaute ihn an, sah, dass er begriff, worauf ich hinauswollte. Jeder, der sich wie wir mit harter Arbeit etwas Eigenes aufgebaut hatte, hätte ein Problem damit, seine Firma zu verkaufen. Da war es naheliegend, dass solche Menschen – wenn man zu lange wartete – Gefahr liefen, einen Rückzieher zu machen. »Ich will nicht riskieren, dass der Deal auf irgendeine Weise in letzter Minute noch platzt.«

George nickte, während wir das nächste Stockwerk erreichten und eine Schar Mädchen, in rosa Shirts und Haarreifen mit Wackelpenissen drauf, zu uns in den Aufzug drängten. Ein Junggesellinnenabschied, wie ich vermutete, und was die pausbackige Blondine mit dem weißen Tutu und dem Bauchverkaufsladen bestätigte. Ich ließ meinen Blick über die Gruppe wandern. Der Großteil der Mädchen hatte unscheinbare Gesichter und gefiel mir nicht. Aber die Brünette mit den hohen Wangenknochen und der kleinen Zahnlücke zwischen den Schneidezähnen, die an der Tür stand, war nicht zu verachten. Mein letzter Sex war Tage her. Ich war hungrig, was der Kleinen nicht entging. Sie merkte, wie ich ihre Figur scannte und wurde sichtlich nervös unter meinem Blick. *Ein guter Fick ist genau das, was ich jetzt brauche, um auf andere Gedanken zu kommen*, überlegte ich gerade, als das »Pling« über unseren Köpfen verkündete, dass wir im Erdgeschoss angekommen waren. Ohne die Brünette – die sich mit den anderen Mädchen im Foyer sammelte – aus den Augen zu lassen, folgte ich George an die Rezeption. Während er seinen Schlüssel hinterlegen ließ und irgendwas wegen dem Zimmerservice abklärte, beobachtete ich meine Beute für heute Nacht. Sie hatte lange schlanke Beine. Das gefiel mir. Die würde ich mir heute Abend noch um den Hals schlingen, während ich ihre schmale Hüfte anhob, um sie tiefer ficken zu können. Jetzt musste ich mir nur noch ihre Nummer organisieren. Wie ich so dastand und überlegte, zu der Gruppe hinüberzugehen und sie mir zu holen, bemerkte ich im Augenwinkel, wie George sich auffallend hektisch neben mir bewegte. Die Brauen zusammengezogen wandte ich mich ihm zu, sah, dass er mit den Armen durch die Luft ruderte und Jemandem zu verstehen gab, er solle verschwinden. Automatisch folgte ich seinem Blick und entdeckte Cassie und Emily. *Fuck*! Meine Ex trug ein hautenges Sportoutfit, das ihren knackigen Hintern betonte und prompt eine Ladung Blut in mein bestes Stück schießen ließ. Cassie eilte mit ihr durch die Lobby und zog sie auf eine Tür zu, die, wie ich aus den mir bekannten Hotelplänen wusste, in den Keller führte. Bevor ich überlegen konnte, was sie dort unten zu suchen hatten, waren die zwei auch schon verschwunden. Scheiße, Mann! Der flüchtige Augenblick, in dem ich Emily gesehen hatte, hatte ausgereicht, um mich an die Vergangenheit zu erinnern. An ihren anbetungswürdigen Körper, die Art, wie sie den Kopf in den Nacken warf und sich ihr langes Haar in seidigen Strähnen über ihren Rücken ergoss, als sie mich ritt. Der Gedanke an ihre kleinen festen Brüste ließ es endgültig eng in meiner Hose werden. Ich schluckte das Verlangen, das heiß bis in meine Kehle aufstieg, herunter und verdrängte die Bilder. Dann wandte ich meinen Blick wieder der Brünetten zu. Neben Emilys puppengleichem Gesicht wirkte ihres fast grob. Trotzdem würde ich sie vögeln. Denn wie sich zeigte, hatte ich den Ablenkungsfick dringender nötig als gedacht.

Emily

Bevor Cassie am nächsten Tag mit George ins Land der teuren Anzüge und einer echten Königin flog, holte sie mich nach dem Frühstück ab, um mit mir zu trainieren. Ich wollte eigentlich allein üben, um mich von dem Chaos in meinem Kopf abzulenken, doch meine Freundin redete ununterbrochen, so dass ich keine Zeit zum Nachdenken hatte. Sie hatte tausend Ideen und ich bekam wieder einmal einen Eindruck davon, wie sehr sie für die Show brannte. Natürlich wusste ich, dass ihr genauso viel daran lag wie mir, doch mittlerweile hatte sie schon rote Flecken auf den Wangen, ihre Stirn glänzte und sie hörte nicht auf, sich komplett in Rage zu reden.

»Stopp, Cassie! Hol mal bitte tief Luft, sonst kollabierst du mir noch«, bremste ich sie, während wir mit dem Fahrstuhl in die Lobby fuhren. Sie hatte sich schon in ein schickes Kleid geschmissen, während ich eine enge Trainingshose und ein knappes Sportshirt trug. Ich hatte meine Sportutensilien in einem kleinen Rucksack verstaut, in dem ich gerade nach dem tragbaren kleinen Ventilator kramte, um ihn ihr vors Gesicht zu halten.

»Ich weiß nicht, wieso du so ruhig bleiben kannst«, schnaufte sie und nahm mir den Ventilator ab.

»Weil du mich, seit ich aus dem Zimmer gekommen bin, nicht ein Wort hast sagen lassen«, antwortete ich amüsiert und sie pustete sich den Pony aus der Stirn. »Wenn du so weiter machst, ist dein Kleid bis zum Abflug zerknittert und pitschnass. Entspann dich endlich und überlass mir den Nervenzusammenbruch.« Der Fahrstuhl gab ein ächzendes Geräusch von sich, die Türen gingen auf und obgleich es erst Vormittag war, hielt es die Leute nicht davon ab, mit ihren riesigen Pappbechern Richtung Spielcasino zu drängen. Ich liebte Vegas, obwohl es nie mein Traum gewesen war, hier zu landen. Mein Traum sah anders aus, doch der wurde wie fast alles in meinem Leben vor zehn Jahren gekillt. Von einem gewissen Mann, an den ich nicht denken sollte, es aber dennoch ununterbrochen tat.

»Wo wir gerade von Entspannung reden«, meinte sie aufgekratzt und drehte mich zu sich, sobald wir den Aufzug verlassen hatten. Ihr Blick wirkte ein wenig panisch, doch als ich mich umdrehen wollte, um zu sehen, was sie so in Aufruhr brachte, hielt sie mich an den Armen fest. Irgendwie war sie heute wirklich schräg drauf, doch ich schob es auf die bevorstehende Reise mit ihrem George. »Wie hast du heute Nacht geschlafen?« Ihre Frage irritierte mich kurz, sie kam wie aus dem Nichts, doch dann zuckte ich mit den Schultern und gab das Offensichtliche zu.

»Na ja, wie du an meinen Augenrändern, die so groß wie die von Pandas sind, unschwer erkennen kannst, war meine Nacht beschissen«, erklärte ich und ließ mich von ihr durch die Lobby zerren. Immer wieder guckte sie zum Empfangstresen und ich bemerkte noch ein Handzeichen, bevor sie die Tür zum Keller aufriss und mich hineinschob. Ihr Verhalten machte mich dermaßen misstrauisch, dass ich langsam genauso verwirrt war, wie sie sich aufführte.

»Ich finde, du siehst toll aus«, sagte sie aufgedreht und ich blieb abrupt stehen, sodass sie in mich hineinlief. »Umpf«, hörte ich sie in meinen Rücken stöhnen, bevor ich mich umdrehte und sie argwöhnisch musterte. »Was ist hier los? Du benimmst dich total daneben und gerade eben habe ich ganz genau mitbekommen, wie du mit den Händen gefuchtelt hast!« Ihre großen Kulleraugen, die sie wie die Katze bei Shrek unschuldig aufriss, zogen bei mir nicht. Ich stemmte die Hände in die Hüften und wartete auf eine Erklärung.

»Na schön«, gab sie sich geschlagen und warf die Hände ergeben nach oben. »Mein Süßer und der Oberarsch standen in der Lobby. Ich wollte nicht, dass du dich aufregst, deshalb hab ich dich ablenken wollen.« Noch immer machte sie diesen Blick, bis ich kopfschüttelnd meine Arme sinken ließ.

»Das ist ja ganz süß von dir, aber ich habe mich mittlerweile gut im Griff und werde mich nicht mehr zu einer Flucht hinreißen lassen«, entgegnete ich und fand es lieb, dass sie sich solche Gedanken machte. Ihre Sorgen waren zwar nicht unbegründet, doch das würde ich ihr nicht erzählen. Ansonsten bliebe sie hier und das wollte ich nicht. Ich musste schon früh lernen, meine Kämpfe allein zu schlagen und Dean wäre nicht derjenige, bei dem ich kapitulieren würde. Darum gab ich ihr einen Kuss auf die Wange und ging danach Richtung Tanzstudio. Ich hatte dafür gesorgt, dass keines der anderen Mädels hier sein würde, denn ich brauchte all meine Konzentration für die Choreografie. Dieser Tanz würde - sofern Dean sich darauf einließ - darüber entscheiden, ob wir blieben oder an den Türen sämtlicher Hotels um ein neues Arrangement betteln mussten.

Cassie lief zur Anlage und suchte nach der passenden Musik, während ich mich dehnte und meine Aufwärmübungen machte. Es war schwer, wieder zur alten Form zurückzufinden, denn in den letzten Monaten hatte ich mich ausschließlich um das Management und die Finanzen gekümmert. Ich fand es nicht schlimm, für die Mädchen und mich einzustehen und das Beste herauszuholen, ohne mich von der Musik verleiten zu lassen. Jeden Abend, wenn sie tanzten, sah ich ihnen zu und bis gestern hatte ich keine Wehmut verspürt. Diesen Teil von mir hatte ich systematisch in mir eingeschlossen und das hatte bis zu Deans Auftauchen gut geklappt. Was ein weiterer Grund für mich war, ihn zu hassen. Er hatte mir nicht nur mein Herz, sondern auch die Leidenschaft fürs Tanzen gestohlen. Ich hatte einfach nur weiter gemacht, weil es das einzige gewesen war, indem ich gut war.

Cassie murmelte vor sich hin, bis sie zu einer schnellen Nummer von Beyoncé kam. »Was hältst du von …«

»Ich weiß, welches Lied ich für den Tanz möchte«, fiel ich ihr ins Wort. Sie schaute verblüfft über die Schulter und ihr Lächeln verschwand, als sie mich ansah. Es gab einen Song, den ich damals rauf und runter gehört hatte. Dieses Lied passte wie kein zweites zu meiner Abrechnung mit Dean.

»Du siehst aus wie ein Axtmörder, Emily! Ehrlich, bist du dir sicher, dass ich dich allein lassen kann? Wenn du mir jetzt sagst, dass du sowas wie Slipknot im Kopf hast, bleib ich hier bei dir und George kann ohne mich zu Tee und Plätzchen fliegen«, erwiderte sie ängstlich und ich grinste breit.

»Kein Hardcore und auch nichts übers Killen im Allgemeinen, versprochen. Es gibt ein Lied aus meiner Vergangenheit, das genau das wiederspiegelt, was ich damals und heute empfunden habe.« Ich verriet ihr den Song und somit auch, was ich eigentlich für mich behalten wollte.

»Er war der Eine, nicht wahr?«

Ihre Frage war wie sie. Direkt. Trotzdem wollte ich sie nicht belügen. Ich hatte zu lange geschwiegen und gebracht hatte es mir nichts. »Vermutlich, aber es wird wieder einen anderen *Richtigen* geben. Ansonsten würde es bedeuten, dass ich den Rest meines Lebens mit zweiter Wahl verbringen müsste. Ein erschreckender Gedanke«, gab ich zurück und versuchte meine Anspannung wegzulächeln.

»Da du nicht über den Kaffeegott reden willst, schlage ich vor, wir proben ein bisschen, bevor ich los muss«, sagte sie und lenkte ein. Dankbar nickte ich und stellte mich vor den Spiegel. Cassie suchte nach dem Lied und als es anfing, bewegte ich mich wie von selbst. Je länger der Song andauerte, desto mehr wurde ich in die Vergangenheit gesogen. Jede Strophe bescherte mir eine Gänsehaut, doch ich hieß sie willkommen, schloss meine Augen und tanzte, wie ich noch nie zuvor getanzt hatte.

»Wow, du bist brillant«, flüsterte Cassie, als die letzten Töne erloschen und ich die Augen wieder aufschlug. Sie schaute mich ehrfürchtig an und Verlegenheit überkam mich, denn ich hatte sie vollkommen vergessen.

»Denkst du, es wird ihn überzeugen?«, fragte ich sie und fühlte mich ausgelaugt.

»Er wird sich hoffentlich selbst in die Eier treten, dass er dich damals verlassen hat«, meinte sie trocken und ich fing zu lachen an. Sie schaffte es immer wieder, mich aufzuheitern.

»Es würde mir schon reichen, wenn er anstandslos den Vertrag verlängert und sich danach nie wieder hier blicken lässt«, sagte ich kichernd.

»Das wäre großartig, allerdings denke ich nicht, dass er so schnell verschwinden wird.«

»Wie meinst du das? Ist er nicht auf der Suche nach noch mehr Kaffeejunkies? Ein Mann wie er bleibt nie lange an einem Ort«, versicherte ich ihr und eigentlich auch mir. Wenn er hierbleiben würde, müsste ich ihn zwangsläufig öfter sehen und das wollte ich auf keinen Fall. Er sollte sich schnell wieder vom Acker machen und mich in Ruhe lassen. *Das wird er so oder so tun, du bist nichts Besonderes für ihn*, hetzte mein verletztes Ich und ich schnaubte wütend.

»George meint, er würde die Umstrukturierung vor Ort beaufsichtigen«, antwortete sie zerknirscht und ich stampfte wütend mit dem Fuß auf. In dem Moment klopfte es an der Tür und George steckte seinen Kopf herein.

»Hallo, ihr zwei. Ich wollte dich nur erinnern, dass unser

Flieger in zwei Stunden geht«, sagte er an Cassie gewandt und sein Blick zeigte mehr, als Worte es könnten. Er war Hals über Kopf in sie verliebt. Sein schmachtender Blick ließ mich meine Wut vergessen und lächeln. Ich freute mich, dass die beiden einander gefunden hatten.

»Ich wünsche euch viel Spaß in deiner Heimat, aber wehe, du bringst sie mir nicht zurück«, warnte ich ihn und zwinkerte meiner Freundin zu. Cassie grinste glücklich, umarmte mich anschließend und flüsterte mir zum Abschied ins Ohr, sodass George es nicht hören konnte. »Mach ihn fertig, aber lass ihn vorher noch den Vertrag unterzeichnen.« Danach lief sie zu ihrem Liebsten, der sie an sich zog und sie stürmisch küsste.

»Ich kann es nicht versprechen, Emily. Sie hat mich verzaubert«, erwiderte er verspätet und mein romantisches Ich seufzte hingerissen.

Ich winkte den beiden zum Abschied hinterher und hoffte, dass wenigstens dieser Engländer hielt, was er versprach.

Nachdem ich den gesamten Vormittag geprobt hatte, erledigte ich nachmittags den Bürokram und traf mich mit Valerie. Sie war für unsere Kostüme zuständig und machte ihren Job einfach toll. Sie war kreativ, liebenswert und die gute Seele in unserer Truppe. Als sie sich anhörte, was ich wollte, bekam sie große Augen. Sofort hatte sie ihr Notizbuch zur Hand und machte ein paar Skizzen. Nach nur wenigen Minuten war sie fertig und zeigte mir ihre Entwürfe. Ich war geflasht und hätte es nicht besser machen können. Jetzt wussten bereits zwei Leute, was ich vorhatte und dabei sollte es auch bleiben. Valerie verstand, warum ich es nicht an die große Glocke hängen wollte, vor allem, nachdem ich ihr die wichtigsten Infos zu Dean preisgegeben hatte. Wir alle hatten eine Vergangenheit, aber ich musste sie nicht jedem auf die Nase binden. Sie versprach mir, nichts zu sagen und stürzte sich sofort auf ihren Fundus an Kleidern. Bis Ende der Woche würde sie mein Kostüm fertig haben. Nun war ich bereit, um dem Teufel persönlich einen Deal vorzuschlagen, doch zuvor musste auch hierfür ein passendes Outfit her.

Um acht Uhr abends stand ich vor Deans Hotelzimmer. Es war ein leichtes, seine Zimmernummer herauszubekommen, da das gesamte Personal bereits wusste, wer er war und was das im Zweifel bedeutete. Er konnte froh sein, dass man ihm bis jetzt noch nicht ins Essen gespuckt hatte. Der Gedanke brachte mich zum Lächeln und so klopfte ich beherzt an seine Tür. Ich hatte mir ein schwarzes Etuikleid angezogen und dazu trug ich zwölf Zentimeter Heels. Sogar mein Haar war für meine Verhältnisse brav nach hinten gesteckt und ich fühlte mich gut. Das blieb nur so lange der Fall, bis die Tür geöffnet wurde und ein halbnackter Dean vor mir stand. Er trug lediglich eine Anzughose und sonst nichts!

»Hallo Emily, was für eine Überraschung«, begrüßte er mich erstaunt und das ausschweifende Abtasten seiner Augen auf meinem Körper machten aus meinem Höschen einen Swimmingpool und aus meinem Herzen einen rasenden Klumpen. Ich ballte die Hände zu Fäusten und versuchte, sein Sixpack, welches noch den ein oder anderen Wassertropfen zum Spielen eingeladen hatte, zu ignorieren. Absolut vergebens, denn als er einen Schritt vortrat, bewegten diese heißen Muskeln sich auch noch und ich biss mir auf die Lippe, um nicht zu stöhnen. »Geht es dir gut?«, hörte ich ihn amüsiert fragen und ich spürte, wie mir die Hitze ins Gesicht schlug, bevor ich ihm endlich in die unverwechselbar giftgrünen Augen blickte.

»Findest du es nicht total daneben, so die Tür zu öffnen?

Oder hattest du jemand Bestimmten erwartet?«, knurrte ich ihn an und sein Lachen brachte mich dazu, ihm körperlich weh tun zu wollen.

»Willst du nicht reinkommen?«

»Ich überlege noch, ob wir die Unterhaltung nicht lieber hier führen sollten. Du hast meine Frage nicht beantwortet«, erwiderte ich und verschränkte genervt die Arme vor der Brust. Er musste ja nicht mitbekommen, dass meine Nippel sich nur allzu deutlich an ihn erinnern konnten. Dean amüsierte sich scheinbar königlich, denn er trat auf den Flur heraus auf mich zu, bis ich nur meine Zunge hätte herausstrecken müssen, um diese verführerischen Tropfen aufzufangen.

»Ich komme gerade aus der Dusche und habe mein Abendessen erwartet. Sonst niemanden, zufrieden?« Ich kramte meinen gleichgültigsten Gesichtsausdruck hervor und schenkte ihm lediglich ein Lächeln. »Kommst du nun mit hinein? Ich habe gerade Kaffee aufgesetzt, der wird dich umhauen«, redete er weiter und ich machte einen Schritt zurück. Seine Körperwärme war trügerisch, sein Lächeln auch. Ich besann mich auf das, weswegen ich hergekommen war.

»Ich möchte dir einen Vorschlag unterbreiten«, sagte ich stattdessen und überging seine Aufforderung. Doch im gleichen Augenblick strömte ein dermaßen intensiver Kaffeegeruch aus seinem Zimmer, dass ich weiche Knie bekam. Kaffee war mein Kryptonit und ein Blick in seine Augen verriet mir, dass er sich noch daran erinnerte.

»Wenn du hereinkommst und einen Kaffee mit mir trinkst, bin ich gewillt, dich anzuhören«, forderte er mich heraus, drehte sich um und ließ mich seinen verdammt heißen Arsch in der Anzughose sehen.

»Der Kaffee wird nichts ändern, denn ich trinke keinen.« Er stoppte in der Tür, drehte sich ruckartig zu mir um und sah mich entgeistert an.

»Seit wann trinkst du keinen Kaffee mehr? Du hast dich damals von nichts anderem ernährt«, gab er schockiert zurück, was mir ein boshaftes Grinsen entlockte, als ich an ihm vorbei ins Zimmer ging.

»Dinge ändern sich und jetzt lass uns übers Geschäft reden«, erwiderte ich und mein Bauchgefühl sagte mir, dass ich so gut wie gewonnen hatte.

Dean

»Du hast also einen Vorschlag für mich?«, sagte ich und schloss die Tür hinter ihr.

»Ja«, antwortete sie und sah mir fest in die Augen. »Ich werde mich kurzfassen. Ich weiß, dass du vorhast, keinen der Liberty Angestellten nach dem Kauf zu behalten.«

»Ach, weißt du das?« Die Arme vor der Brust verschränkend, bemerkte ich, wie sich ihr Blick für einen Moment auf meine Bizepse verirrte. Emily stand schon immer auf meinen Körper. Ich grinste innerlich, weil ich sicher war, dass ich sie mit meinem Muskelspiel aus dem Konzept brachte. Blinzelnd sah sie mir wieder in die Augen.

»Ich bin hier, um dir einen Vorschlag zu machen«, überging sie meine Frage. »Du denkst, die Mädchen und ich passen nicht in dein vornehmes Hotelkonzept.« Das war keine Frage, sondern eine Feststellung. »Aber ich werde dir beweisen, dass unser Programm für deine feinen Gäste anspruchsvoll genug ist. Ein Tanz, das ist alles, was ich will. Nicht mehr und nicht weniger«, verlangte sie in geschäftlichem Ton. Jemand, der sie nicht besser kannte, könnte meinen, dass sie die Ruhe in Person wäre. Eine gestandene Geschäftsfrau, die derartige Verhandlungen gewohnt war. Ich jedoch kannte Emily gut genug, um zu erkennen, wie aufgebracht sie innerlich war. An ihrem schlanken Hals pochte der Puls entschieden zu schnell und ihre Brust – auch wenn sie es zu verbergen versuchte – hob und senkte sich viel zu hektisch.

»Ein Tanz also«, wiederholte ich ihre Worte, ließ meine verschränkten Arme herabsinken und ging an ihr vorbei zu dem kleinen Sofatisch, auf dem mein frisch aufgebrühter Kaffee stand. Ich nahm die Tasse in die Hand und trank einen Schluck meines schwarzen Lebenselixiers. Dann drehte ich mich wieder zu ihr um. Emily sah mich abwartend aus ihren dunkelgrünen Mandelaugen an.

»Wenn es mir gelingt, dich zu überzeugen, übernimmst du die Honey Lips«, verlangte sie. »Wenn nicht, dann …«

»Augenblick, *du* wirst für mich tanzen?« Meine Brauen hoben sich überrascht. Was für ein verführerischer Gedanke. Ich war sicher, sie würde eines ihrer Mädchen antreten lassen. Dass sie selbst, die Chefin der Gruppe, für mich strippen würde, war interessant, und gleichzeitig typisch Emily. Sie war schon immer von der Sorte Frau gewesen, die die Dinge gern selbst in die Hand nahm.

»Ja«, bestätigte sie mit gerecktem Kinn. »Ich werde für dich tanzen. Wenn ich dich überzeuge, unterzeichnest du *den* hier anstandslos.« Mit diesen Worten öffnete sie die Handtasche, die sie dabeihatte, und förderte ein Stück Papier zutage. Sie entfaltete es und hob es hoch.

»Was ist das?«

»Ein Standardvertrag«, erklärte sie, kam auf mich zu, bückte sich und legte das Dokument neben mir auf den Couchtisch. Als sie wieder hochkam, stieg mir ihr Parfum in die Nase. Eine lieblich, blumige Note, die mich an früher, an laue Sommerabende und eine unvergessliche Zeit erinnerte. »Er besagt, dass du die Honey Lips für vierundzwanzig Monate unter Vertrag nimmst.«

»Und wenn du mich nicht überzeugst?«, raunte ich und beugte mich leicht zu ihr vor. Augenblicklich vergrößerten sich ihre Pupillen und ich bemerkte, wie sie nervös schluckte. Meine Nähe machte sie unsicher. Das gefiel mir.

»Dann ist der Vertrag hinfällig und unser letzter Vorhang wird mit dem Verkauf des Libertys fallen.«

»Dann verlasst ihr also von euch aus das Hotel und sucht euch eine neue Anstellung?«

Sie nickte ernsthaft und streckte mir die Hand entgegen. »Deal?«

Ich überlegte. Ihr Vorschlag war perfekt. Einfacher würde ich die Mädchen nicht loswerden. Ein finsteres Grinsen stahl sich auf meine Züge, als ich meine Rechte hob und einschlug. »Deal«, bestätigte ich und schüttelte ihre warme kleine Hand. Die Berührung hatte etwas Vertrautes und gleichzeitig unerwartet Sinnliches. Sie weckte den Wunsch in mir, Emily näher zu kommen. Es reizte mich, sie einfach an mich zu ziehen und die alten Zeiten wieder aufleben zu lassen. Doch ich hielt mich zurück.

»Gut. Dann treffen wir uns heute in einer Woche um acht Uhr abends im Trainings-Tanzstudio im Keller.« In einer Woche? Da war sich jemand wohl doch nicht sicher, was er tat und musste noch üben. Ich verkniff mir ein Grinsen und bedachte sie stattdessen mit einem arglosen Lächeln.

»Acht Uhr, im Trainings-Tanzstudio. Ich werde da sein«, bestätigte ich, woraufhin sie zufrieden nickte, meine Hand losließ und auf dem Absatz kehrt machte. Mein Blick hing an ihrem Hintern, als sie die Tür ansteuerte. Die Erinnerung, wie sich ihre festen Pobacken anfühlten, wie perfekt sie damals in meinen Händen gelegen hatten, ließ meinen Schwanz begierig zucken. Als Emily die Tür hinter sich ins Schloss zog, stand ich mit einer prallen Latte da. Ich senkte den Blick auf den Vertrag, nahm einen weiteren Schluck vom Kaffee und stellte den Becher auf den Tisch. Dann ging ich rüber zum Schlafzimmer und öffnete die Flügeltür. Augenblicklich fiel mein Blick auf das Doppelbett vor mir.

»Na endlich, du hast mich viel zu lange warten lassen«, schnurrte die nackte Frau vorwurfsvoll, die sich auf dem Laken räkelte. Es war die Brünette, vom Junggesellinnenabschied. »Das wirst du doch wieder gut machen, oder?«, raunte sie und biss sich mit ihren Zahnlücken-Schneidezähnen auf die Lippe.

»Das werde ich«, antwortete ich und stieg aus meiner Hose. Und wenn ich erst mit ihr fertig war, würde ich mir

Emily und ihren süßen Knackarsch wortwörtlich aus dem Kopf gevögelt haben.

In den kommenden Tagen hatte ich allerhand geschäftliches zu erledigen. Mit dem Kauf des Liberty hatte ich mir jede Menge Mehrarbeit aufgehalst. Zum Glück war Martha eine erstklassige Sekretärin. Sie schaffte es, meine Termine so zu takten, dass ich alles unter einen Hut bekam. Zwei Tage vor dem Bewerbungs-Tanztermin mit Emily merkte ich, wie sich die Texanerin immer häufiger in meine Gedanken stahl. Je näher der Termin rückte, desto schlimmer wurde es.

Am vereinbarten Abend stieg ich pünktlich um acht die Treppe in den Keller hinab und klopfte an die Tür des Tanzstudios. Zu meiner Überraschung öffnete nicht Emily, sondern ein Mädchen, das ich um die zwanzig schätzte. Sie hatte eine zierliche Figur, pechschwarze kurze Haare, die sie frech gestylt hatte und babyblaue Kulleraugen. Auf den ersten Blick wirkte sie wie ein schüchternes High-School Mädchen. Ein Eindruck, der täuschte, wie sich herausstellte.

»Guten Abend, Sie müssen Mr. McDougal sein. Mein Name ist Charlotte. Bitte, treten Sie ein«, begrüßte sie mich und trat zur Seite, um mich hereinzulassen. Das Trainings-Tanzstudio lag in einem schummrigen Halbdunkel. Die einzige Lichtquelle war eine stark gedimmte Deckenlampe. Während meine Augen sich noch an die ungewohnten Lichtverhältnisse zu gewöhnen versuchten, schloss Charlotte hinter mir die Tür. »Folgen Sie mir«, verlangte sie, ging an mir vorbei und führte mich zur Nordseite des Raums, wo sich unter einer Bühne ein Ohrensessel befand. »Bitte, setzen Sie sich.« Sie wartete, bis ich in dem schweren Möbelstück Platz genommen hatte und sie ansah. »Darf ich Ihnen was zu trinken bringen? Einen Whiskey oder vielleicht einen Cognac?«

»Nein, danke.« Ich war nicht hier, um mich zu amüsieren, sondern um die Honey Lips Sache endlich vom Tisch zu bringen.

»Wie Sie wünschen.« Eine Verbeugung andeutend, trat das Mädchen einen Schritt zurück. »Dann wünsche ich viel Vergnügen.« Damit machte sie kehrt und ging. Ich hörte ihre Schritte, die sich von mir entfernten. Ein langer goldener Lichtstrahl fiel in den Raum, als sie die Tür öffnete und hinaus auf den Flur trat. Es klickte leise, als sie die Tür hinter sich ins Schloss zog und mich allein ließ. Mein Blick glitt hoch zur Bühne, die in vollkommener Dunkelheit lag und eine knisternde Aufregung in mir weckte. Einen langen Moment blieb es still. Dann drang plötzlich Emilys seidige Stimme an mein Ohr.

»Guten Abend, Dean«, sagte sie. »Du hast den Vertrag dabei?«

Das hatte ich. Aus der Innenseite meines Jacketts zog ich ihre Unterlagen und hob sie über den Kopf. Die Papiere waren in Ordnung. Wie sie gesagt hatte, handelte es sich um einen typischen zwei Jahres-Künstlervertrag.

»Gut«, vernahm ich wieder ihre Stimme und steckte die Papiere zurück. Im nächsten Moment erlosch das letzte bisschen Licht und mich umfing absolute Dunkelheit. Drei Herzschläge lang geschah nichts, dann passierten zwei Dinge gleichzeitig. Während die ersten Takte eines Songs erklangen, den ich als *Marylin Masons – Tainted Love* erkannte, durchschnitt ein Scheinwerfer scharf wie ein Messer die Schwärze und umfing eine Gestalt, die auf der Bühne stand. Emily. Sie trug ein bodenlanges schwarzes Cape und stand mit dem Rücken zu mir. Das dunkle Haar fiel ihr offen auf den Rücken. So wie ich es liebte. Jetzt begann sie unter dem Umhang ihre Hüften zu wiegen, während sie sinnlich langsam die Arme hob. Die steckten bis zu den Ellenbogen in schimmernden nachtschwarzen Handschuhen. Emily drehte die Hände in einem weichen Kreis über ihrem Kopf, bevor sie die Fingerspitzen an einem Arm herabwandern ließ. Genau im Takt drehte sie den Kopf zur Seite und ließ die Finger – so dass ich es sehen konnte – über ihr hübsches Gesicht und am Hals herab in Richtung Brüsten gleiten. Mir gefiel, was ich sah. Ihr Auftritt versprach mehr als heiß zu werden. Also lehnte ich mich in meinem Sessel zurück, schlug die Beine übereinander und genoss die Show. Begleitet von Marylins kratziger Stimme drehte sie sich zu mir herum. Jetzt erst sah ich, dass sie nicht nur sehr dunkel geschminkt war, sondern auch blutroten Lippenstift aufgelegt hatte. Offensichtlich hatte sie nicht vergessen, dass ich ein Faible für rote Lippen hatte. Einen Moment konnte ich mich nur auf ihren Mund konzentrieren, spürte, wie ein heftiger Wunsch in mir erwachte, von ihr einen geblasen zu bekommen. Während ich ihr Gesicht taxierte, wiegte Emily ihren Körper weiter im Takt und dann, von einem Moment auf den anderen, glitt der Umhang zu Boden und mir klappte die Kinnlade herab.

Fuck. Fuck! FUCK!

Emilys milchweiße Haut steckte in einer schwarzen Spitzenkorsage, die mehr oder weniger durchsichtig war und auf verspielte Weise die Brustwarzen verhüllte. Mein Blick strich an ihr herab, entdeckte einen dazu passenden Hauch von einem Slip, der ihre intimste Stelle verdeckte. An den Füßen trug sie mörderisch hohe High Heels und ihre langen Beine steckten in Spitzenstrümpfen. Als wäre das alles nicht heiß genug, entdeckte ich an ihrem Rücken zwei große schwarze Flügel, die sie in ihren Tanz mit einwob. Gekonnt versteckte sie ihre Reize hinter den Federn, während sie ihren Körper so bewegte, dass meine Kehle vor Verlangen trocken wurde. Jetzt wünschte ich, ich hätte den Drink, den mir Charlotte angeboten hatte, genommen. Manson schmetterte gerade den ersten Refrain seiner *Tainted Love*, als Emily meinen Blick fing und mit grazilen Schritten über eine kleine Treppe, die auf die Bühne führte, zu mir herabstieg. Im Licht des Scheinwerfers, der sie verfolgte, wirkte sie wie ein sexy Racheengel, der auf mich zukam. Mit einem inzwischen quälenden Ständer in der Hose gab ich meine lockere Haltung auf und setzte mich gerade hin. Meine Finger prickelten vor Verlangen, Emily anzufassen, ihre vollkommene weiche Haut zu spüren. Doch sie blieb gerade so weit vor mir stehen, dass sie außer Reichweite war. Ich war sicher, sie wusste, welche Wirkung sie auf mich ausübte. Fasziniert und gleichermaßen aufgegeilt beobachtete ich, wie sie, ohne ihren herausfordernden Blick von mir zu nehmen, in die Hocke sank und ihre Beine auf einladende Weise auseinanderfallen ließ. Fuck! Der Spitzenstoff des Slips verdeckte gerade so viel, dass ich den Ansatz ihrer äußeren Schamlippen erkennen konnte. Ich wusste, wie ihre Pussy aussah, hatte nicht vergessen, wie herrlich süß sie war. In Erinnerung an ihren Geschmack fuhr ich mir mit der Zunge über die Lippen. Nach wie vor außer Reichweite, kam Emily mit kreisenden Hüftschwüngen wieder hoch und tanzte für mich, bis ich vor Verlangen fast durchdrehte. Mein pochender Schwanz schrie nach Befriedigung. Nur mit Willenskraft gelang es mir, mich zurückzuhalten. Mit dem Anfang der letzten Strophe kam Emily näher, räkelte sich erst vor mir und strich dann mit einer Hand über meinen Wangenknochen herab zu meinem Mund. Ihr Zeigefinger schob sich zwischen meine Lippen. Mein Körper war bis in die letzte Faser angespannt und schrie nach Sex, weshalb ich ihr in die Fingerspitze biss. Mit einem wissenden Lächeln, das meine Hoden auf lüsterne Weise sich zusammenziehen ließ, zog sie ihre Hand zurück und damit – weil ich nicht losließ – ihren Handschuh von ihren Fingern. Obwohl es nur ihr

Arm war, turnte mich die zusätzliche nackte Haut weiter an. Das schien ihr nicht zu entgehen. Sie hob die andere, noch behandschuhte Hand an ihren Mund, strich sich verführerisch mit Zeige und Mittelfinger über die roten Lippen und biss dann in den Stoff. Wie ich zuvor zog sie so den zweiten Handschuh aus und schmiss ihn zur Seite. Dann, vollkommen unerwartet, kniete sie sich zu mir auf den Sessel. Überrascht wich ich zurück – ihre festen Brüste unmittelbar vor dem Gesicht. Mit den letzten Klängen von *Tainted Love* ließ sie mich bereuen, eine Frau wie sie jemals verlassen zu haben. Denn das, was sie nun mit mir anstellte, kam einem Trockenfick gleich. Und doch war es so viel raffinierter! Sie spielte mit mir und meiner Lust. Ließ mich die Hitze ihrer Mitte spüren und berührte wie beiläufig meine Latte, die meine Hose zu sprengen drohte. Die Art, wie sie sich auf mir bewegte, raubte mir den Atem. Ich hatte mir vorgenommen, mich nicht von ihrem Tanz beeindrucken zu lassen. Aber das, was sie mit mir machte, brachte mich um den Verstand und ließ mich alle Vorsätze über Bord werfen. Dieser Göttin von Frau konnte ich keine Sekunde länger widerstehen. Also schob ich meine Hände an ihren Hintern, packte ihre Hüften und drängte ihr meinen Steifen entgegen. Verdammt, ich war kurz davor durchzudrehen, hatte mich viel zu lange zurückgehalten! Gerade wollte ich meine Finger unter den Stoff ihres Slips schieben, als der Song auslief, Emily eine Hand hob, mein Kinn umfasste und mich zwang, sie anzusehen.

»Ich hoffe«, raunte sie leicht atemlos, die sinnlichen Lippen nur Millimeter über meinen, »es hat Ihnen gefallen, Mr. McDougal.« Vor Erregung selbst außer Atem sah ich sie an, wollte mich schon vorbeugen, um sie zu küssen, als sie mein Gesicht unvermittelt frei gab und von mir herabstieg. Das war´s, sie hatte ihre Show abgeliefert und war der Meinung, sie wäre fertig. *Nicht mit mir,* dachte ich, beugte mich vor und packte sie am Handgelenk.

»Warte!«

Emily warf mir einen Blick über die Schulter zu

»Du wirst mich wohl nicht so …« Ich deute mit meiner freien Hand auf meinen Steifen, »… sitzen lassen. Oder?« Ein siegessicheres Grinsen kräuselte meine Mundwinkel, als sie sich tatsächlich zu mir umdrehte. Wusste ich es doch, sie begehrte mich genauso sehr, wie ich sie.

Emily

Klatsch!

Meine Hand prickelte schon, bevor ich Deans Wange sah, die sich rötlich färbte. Meine Erschrockenheit wich schnell wieder der Wut, die mich ergriffen hatte, als er mich am Arm festhielt.

»Wofür war das denn?«, fragte er mich sichtlich erstaunt und ich riss mich von ihm los, bevor ich ihm zornig antwortete.

»Das war für die letzten zehn Jahre, du Mistkerl. Glaubst du im Ernst, ich tanze für dich, damit ich anschließend freudestrahlend die Beine breit mache und dich wieder herzlich willkommen heiße?!«

Dean legte den Kopf schief, als würde er abwägen, was er darauf sagen sollte. Ich hatte zwar beschlossen, nie wieder vor ihm wegzulaufen, doch die Stimmung zwischen uns war dermaßen aufgeheizt, dass Teile von mir sich regelrecht im Krieg miteinander befanden. Meine Pussy schrie Juhu, während mein Kopf mir Plakate hochhielt, auf denen stand: Nimm die Beine in die Hand und renne um dein Leben, bevor du einen sehr dummen Fehler begehst.

»Ich dachte, du hättest nach all der Zeit verstanden, warum ich gehen musste«, erwiderte er schließlich und ich ballte meine Hände zu Fäusten und kniff die Augen zusammen. »Emily, du hast mir damals wirklich was …«

»Stopp, rede ja nicht weiter, sonst vergesse ich mich endgültig«, fuhr ich ihm in seine dämliche Erklärung, denn für Worte war es eindeutig zu spät. »Ich will nicht hören, warum du gegangen bist und mich wie ein Nichts hast sitzen lassen. Ernsthaft, es könnte mich nicht weniger interessieren. Alles, was jetzt zählt, ist die Show. Du hast gerade am eigenen Leib erfahren, wie gut wir sind. Es wäre dumm von dir, uns nicht zu behalten.«

Bevor er etwas sagen konnte, ging ich an ihm vorbei, lief durch den Raum, riss die Tür zum Studio auf und ließ ihn buchstäblich auf seinen dicken Eiern sitzen. Ich brauchte dringend eine kalte Dusche und das ein oder andere Bier wäre auch nicht schlecht.

Hastig rannte ich durch die Flure, vorbei am Personal und Gästen, die mich neugierig musterten. Dass ich nur ein knappes Federkostüm trug und dem ein oder anderen Gast fast ein Auge mit meinen Flügeln ausgestochen hätte, bemerkte ich nur am Rande. Ich war zu sehr damit beschäftigt, die letzten Minuten zu verdauen. Wie ich es auch drehte und wendete, ich liebte diesen Mann, egal, was er getan hatte. Das machte meine Aktion, für ihn zu tanzen, zur gewagtesten und risikoreichsten Sache, die ich in den letzten Jahren gemacht hatte. Sein Geruch, die Gier in seinen Augen zu sehen, brachte all die erotischen und zugleich traurigen Erinnerungen an die Oberfläche. Sobald er nach mir griff, war ich nur Sekunden davon entfernt gewesen, ihn anzuspringen. Meine harte, abgebrühte Oberfläche war nichts als Betrug und eine fette Lüge.

»Du bist so dumm, unfassbar dumm«, murmelte ich vor mich hin und war froh zu sehen, dass sich der Fahrstuhl just in diesem Moment öffnete. Hastig stieg ich ein, erleichtert, dass niemand außer mir in diesem Lift mitfahren wollte. Doch ich hatte mich zu früh gefreut, denn ich hörte eilige Schritte hinter mir herkommen, drehte mich aber nicht um, denn ich war zu sehr damit beschäftigt, meine Gefühle nicht hinauszuschreien. Ich zog mir die Flügel von den Schultern, um Platz in diesem engen Raum zu schaffen und erstarrte augenblicklich, als ich seine Stimme hörte.

»Du glaubst, du kannst einfach so verschwinden?« Deans Frage war mehr ein Knurren, was mir auf der Stelle eine Gänsehaut bescherte. Ich drehte mich um und sah panisch zu, wie sich die Türen schlossen und wir miteinander eingesperrt wurden.

»Es ist alles gesagt«, zischte ich zurück und hielt die Flügel wie ein Schutzschild abwehrend vor mich. Er zog lediglich eine Augenbraue nach oben, haute mit einem Faustschlag auf den Stopp-Knopf und lächelte. Es war kein freundliches Lächeln, das er mir schenkte und welches mich beruhigen sollte. Nein, es war vielmehr ein drohendes, unheilvolles Grinsen, das mich nach hinten weichen ließ, bis ich die kalte Stahlwand an meiner Haut spürte.

»Das denke ich nicht, Em«, entgegnete er entschlossen und ihm schien gar nicht bewusst zu sein, dass er meinen Kosenamen verwendet hatte. Bei mir dagegen blitzten wieder Erinnerungen auf, die meinen Magen verkrampfen und meine Finger zittern ließen.

Er kam mir immer näher, obwohl ich wie wahnsinnig mit dem Kopf schüttelte, weil mein Gehirn genau wie der Fahrstuhl eine Pause eingelegt hatte.

»Dich wiederzusehen, ist schwerer als gedacht, Fuck! Ich konnte bis vorhin damit umgehen, schließlich sind wir erwachsen und Vergangenheit ist Vergangenheit. Was ich allerdings nicht kann, ist dich nach der Nummer in Ruhe zu lassen, verfickt nochmal. Du hast uns beide viel zu weit getrieben. Ich will dich!«

»Wir hatten einen Deal, Dean. Ich tanze für dich und du unterzeichnest den Vertrag und engagierst die Honey Lips«, erinnerte ich ihn erhitzt, und ging ganz bewusst nicht auf seine Worte ein. Einen Wimpernschlag lang verharrte er, sah mir einfach nur in die Augen, dann riss er mir die Flügel aus den Händen. Ich sah noch, wie sie zu Boden segelten, als er sich im nächsten Augenblick mit seinem Körper an mich drückte und ich sein rasendes Herz fühlte. Genau wie meins war es außer Kontrolle und das war alles andere als gut. Ich kannte diesen Gesichtsausdruck von ihm. Sein Kiefer zuckte und sein Blick verriet mir mehr, als ihm bewusst war.

»Sag mir, dass du jetzt nicht geküsst werden willst, Emily«, forderte er mich heraus und stemmte seine Hände neben meinem Kopf an die Wand. Um seinen Standpunkt noch deutlicher zu machen, schob er seine Hüfte vor, sodass ich seinen harten Schwanz spüren konnte. Verzweifelt schloss ich die Augen und suchte nach all dem Groll und Hass, den ich die Jahre über gegen ihn gehegt hatte. Ich musste stark bleiben, ansonsten könnte ich nie wieder in den Spiegel blicken. Tief durchatmend öffnete ich die Lider und spürte, wie meine Unterlippe bei den nächsten Worten zitterte. »Ich will nie wieder von dir geküsst werden, Dean.«

Einen Moment herrschte Stille, nur unser schwerer Atem war zu hören, bis er »Lüge«, brummte und seine Lippen meine berührten. Ich versuchte, mich zu wehren, nichts zu empfinden, doch ich kämpfte auf verlorenem Posten. Mein Herz übernahm die Kontrolle und ich konnte nichts dagegen tun. Ihn zu spüren, seine Lust von den Lippen zu küssen, war das berauschendste Gefühl seit Ewigkeiten. Es war, als würde ich nach Hause kommen und das machte meine folgende Kapitulation ein bisschen erträglicher.

Dean küsste mich wie ein Verhungernder, biss mir in die Unterlippe und schob mir seine Zunge in den Mund. Es war gierig, es war wild und es war so verdammt gut. Ich riss an seinem Gürtel und hatte mit der anderen Hand sein Haar fest im Griff. Unser Geknutsche war nicht das eines Liebespaares, es war pure Lust, ohne Rücksicht auf Konsequenzen.

»Ich hasse dich«, keuchte ich an seinen Lippen und er lachte.

»Em, du kannst mich gar nicht hassen, denn das würde bedeuten, dass du mich immer noch liebst!« Ich wollte ihm erneut eine scheuern, doch er hielt meine Hände fest zusammen und schüttelte mit dem Kopf.

»Ein weiteres Mal werde ich dir das nicht erlauben. Du bist wütend? Dann lass es an meinem Schwanz aus«, erwiderte er und schob seine freie Hand zwischen meine Beine. Ich war feucht, das war ich schon, als die ersten Klänge dieses verfluchten Songs angefangen hatten. »Du bist nass und das nur für mich«, sprach er heiser weiter und riss meinen Slip zur Seite, bevor er mir zwei Finger in die Pussy steckte.

»Ah!«, schrie ich leise, denn ihm wieder so nah zu sein und seine magischen Finger in mir zu spüren, war welterschütternd. Er küsste mich erneut, drückte seinen Daumen auf meine Klit und ließ mich fast Sternchen sehen. Seine Bewegungen waren gezielt, er wusste genau, wie er mich anfassen musste, damit ich nach mehr bettelte. Doch ich stöhnte nur in seinen Mund, strich mit meiner Zunge über seine und war kurz davor, zu kommen.

»Mehr?«, fragte er mich schwer atmend und ließ mich immer noch nicht los. Ich hörte, wie er seinen Gürtel und den Reißverschluss öffnete. Meine Pussy zog sich sehnsuchtsvoll zusammen und er hörte mit seinen Bewegungen auf. »Ich fragte, ob du mehr willst?«

»Fick dich«, knurrte ich nur und betete innerlich, dass er nicht auf mich hören würde.

»Falsche Antwort, Baby, ich werde dich ficken und anschließend werden wir uns unterhalten«, gab er angespannt zurück und ich sah aus den Augenwinkeln, wie er sich ein Kondom überzog.

»Dann sag ich es jetzt ganz deutlich: Fick mich, jetzt zufrieden?« Ich wusste, dass ich ihn herausforderte, aber ich wollte in diesem Moment keine netten Worte und erst recht wollte ich mich nicht mit ihm auseinandersetzen. Er schob sein Gesicht dicht vor meins, forschte in meinen Augen nach Antworten, die ich ihm nicht geben wollte.

»Kannst du haben«, antwortete er schließlich und stieß mit ganzer Länge in mich. Wir keuchten synchron auf, als er sich in mir versenkte und ich mein Bein um seine Hüfte legte. Diese Position verhalf ihm dazu, noch tiefer zu kommen und ich liebte es. Er war wie beim Küssen nicht sanft zu mir, sondern forderte viel mehr ein. Da ich nicht bereit war, ihm etwas von mir zu geben, riss ich meine Hände los und zerrte an seinen Haaren. Das ermutigte ihn scheinbar, noch wilder in mich zu rammen und seine Finger in meine Haut zu krallen.

»Du fühlst dich so verfickt gut an«, raunte er und ließ mich nicht aus den Augen, während er das sagte und mich aufspießte. Angefixt hechelte ich wie eine Verrückte und konnte nicht genug bekommen.

»Ist das alles?« Meine Stichelei war der Startschuss zur totalen Eskalation. Er riss mein Bein hoch, so dass es auf seiner Schulter lag und sein Becken knallte gegen meins. Ich balancierte auf den Zehenspitzen, um Halt zu finden, doch er hatte mich so fest im Griff, dass ich niemals gefallen wäre. Wir waren wie wilde Tiere, nicht aufzuhalten und wenn jemand in diesem Augenblick hereingeplatzt wäre, wir hätten nicht aufgehört, uns gegenseitig zu verschlingen.

Sein Schwanz traf diesen einen Punkt, den bis jetzt nur er gefunden hatte. Mein Kopf flog hin und her, ich war nicht imstande, geradeaus zu denken und sagte Dinge, für die ich mich später hassen würde. »Mehr, gib mir mehr«, bettelte ich und er trieb sich tiefer in mich hinein. Nicht nur in meine Pussy, sondern auch in mein Herz.

»Warum haben wir nur so lange darauf verzichtet? Du und ich passen perfekt zusammen«, sagte er und ich war nicht in der Lage, zu antworten, ohne alles zu verraten. Ich schloss meine Augen und schob seine Worte weit weg. »Emily, ich wünschte …«

»Nicht, fick mich und hör auf zu reden!«

Deans Bewegungen stockten kurz, dann nickte er knapp und als er mich dieses Mal küsste, war es intensiver. Ich fasste nach seinen Eiern, packte fest zu und hörte ihn keuchen. Das Funkeln in seinen Augen verriet mir, dass ihm das gefiel und so machte ich weiter. Als ich dann noch meine Pussy zusammenzog, hatte ich ihn wieder da, wo es für mich sicher war. Seine Lust riss uns beide hinfort. Er zuckte in mir und drückte mit seinem Daumen erneut meine Klit, kniff sogar hinein und ich kam auf der Stelle.

»O Gott, das ist soo …! Ich komme!«, schrie ich überwältigt und eine Welle von kleinen Blitzen raste durch meinen Körper. Er wiederholte seine Stöße zwei weitere Male und kam dann ebenfalls mit einem leisen Schrei.

»Da ist sie wieder, das wilde Mädchen aus Texas. Ich habe sie vermisst«, meinte er leise, doch ich verschloss seine Lippen mit einem Kuss. Seine Worte taten so unheimlich weh und er war sich dessen offensichtlich gar nicht bewusst.

Allmählich sickerte die Tragweite der vergangenen paar Minuten in mein Gehirn. Jetzt hörte ich auch, dass eine Stimme immer wieder »Hallo«, rief und ich riss mich von Dean los. Ganz langsam ließ er mein Bein nach unten sinken, aber er drückte mich weiterhin an die Wand.

»Ist alles in Ordnung? Der Hausmeister ist schon auf dem Weg«, hörte ich eine aufgeregte Stimme durch die Sprechanlage rufen und ich schlug auf den Boden der Realität auf. Hastig schob ich ihn beiseite, richtete meinen Slip und drückte völlig durcheinander den Knopf, um dem Mann am anderen Ende zu antworten.

»Ist nicht nötig, der Fahrstuhl funktioniert wieder. War wohl nur ein kleiner Systemfehler«, beruhigte ich ihn und betätigte die Stopp-Taste, damit sich der Lift wieder in Bewegung setzte. Erst dann drehte ich mich wieder zu Dean um, der sich in der Zwischenzeit die Hose hochgezogen und sie geschlossen hatte. Er lehnte lässig gegen die Wand und fixierte mich.

»Hast du gehört, was ich eben gesagt habe?« Seine Frage und die Art, wie er es sagte, machte mich fertig. Meine Augen wanderten über den Mann, der mir vor wenigen Sekunden den besten Höhepunkt seit langem verschafft hatte. Er war wunderschön, sexy wie die Hölle und mein Feind.

Der Fahrstuhl hielt auf meiner Etage und ich dankte dem Allmächtigen für sein perfektes Timing. Ich ahnte, ich musste ihm antworten, ansonsten würde er mir hinterherkommen. Wenn ich eins von ihm wusste, dann dass er nicht aufgab. Obwohl, das war nicht ganz richtig. Mich hatte er aufgegeben und das musste ich mir immer wieder ins Gedächtnis rufen, um seinem Charme kein weiteres Mal auf den Leim zu gehen. Ich hielt die Hand zwischen die Türen, damit sie sich nicht wieder schlossen und versteckte mich wieder hinter meiner sicheren Mauer.

»Wir wissen beide, dass man gern solche Dinge sagt, wenn man gerade guten Sex hatte. Seien wir ehrlich, das hier war ein Abschiedsfick, also mach nicht mehr daraus.« Ich hob meine Flügel auf, die durch unsere Aktion komplett zerstört waren und lächelte tapfer. »Denk über unsere Show nach, das war der Deal. Alles andere war ein Bonus.«

»Würdest du immer so weit gehen, um zu bekommen, was du willst?«, wollte er von mir wissen und seine Hände hatte er zu Fäusten geballt.

»Das ist eine gute Frage, Dean, und ich gebe sie gern zurück. Würde man andere verletzen oder benutzen, um sein Ziel zu erreichen? Wäre man bereit, einfach nach vorne zu blicken und den anderen zurückzulassen?«

»Emily, ich würde dir gern erklären, warum ich gegangen bin«, erwiderte er und ich hörte ehrliche Reue in seinen Worten mitschwingen.

»Egal was du sagst, es ändert nichts am Ergebnis. Du bist gegangen und das ist das einzige, was zählt. Ich werde dir eine Freikarte für die Show schicken. Mach dir ein eigenes Bild, denn mich wirst du nie wieder tanzen sehen.« Mit diesen Worten hüpfte ich aus der Kabine und er kam mir nicht nach. Es hätte mich glücklich stimmen sollen, denn schließlich hatte ich den Sieg davongetragen. Doch je näher ich meiner Hoteltür kam, desto verwundeter fühlte ich mich.

In meinem Zimmer angekommen, griff ich mir sämtliche kleine Flaschen aus der Minibar und machte es mir auf dem Bett gemütlich. Mit jedem Schluck den ich trank, wurde mir klarer, dass dies zwar ein Sieg war, Dean jedoch die Schlacht schon vor langer Zeit gewonnen hatte.

Dean

Geh ihr nach, du Idiot. Los, beeil dich, bevor es zu spät ist, beschwor mich mein Unterbewusstsein. Doch dieses Mal ließ ich mich nicht von meiner Intuition leiten, sondern hörte auf meinen Verstand. Ich hatte Emily schon einmal das Herz gebrochen. Es war nicht fair, ihr noch einmal weh zu tun. Reglos stand ich da und sah zu, wie sie mit schnellen Schritten auf eine Zimmertür zusteuerte. Dann glitten die Fahrstuhltüren zu und ich blieb allein zurück. Allein und mit demselben schrecklichen Schuldgefühl wie das, das ich vor zehn Jahren hatte, als ich sie sitzen ließ. Eine Erinnerung drang aus den Tiefen meines Bewusstseins an die Oberfläche und verstärkte den Schmerz. Ich sah mich in Austin am Flughafen stehen. Die Reisetasche in der Hand, das Herz schwer wie Blei. Verdammt. Seufzend schloss ich die Augen und kniff mir mit Daumen und Zeigefinger in die Nasenwurzel. *Schluss damit*, meldete sich mein Verstand. *Du weißt, dass du damals das Richtige getan hast. Also hör auf, in Selbstmitleid zu zerfließen.* Das stimmte. Jeder vernünftige Mensch hätte an meiner Stelle ebenso gehandelt. Mit einem schweren Atemzug schlug ich die Augen wieder auf und verdrängte die Erinnerung. Emily hatte unseren Sex als Abschiedsfick betitelt, was vernünftig war. Immerhin waren wir älter geworden, hatten uns jeweils eigene und vollkommen unterschiedliche Existenzen aufgebaut. Was hatte ich mir vorgestellt? Eine heiße Affäre am Arbeitsplatz? Wo ich es mir doch selbst zur eisernen Regel gemacht hatte, keine Angestellten zu vögeln? Was kam als nächstes? Dass ich Martha flachlegen würde? Mir von ihr einen blasen ließ oder sie über den Bürotisch gebeugt ficken würde? Je länger ich über das Ganze nachdachte, desto wütender wurde ich auf mich selbst. Ich hatte mich gehenlassen, hatte mich von Emily um den Finger wickeln und verführen lassen … okay, Letzteres mochte nicht ganz zutreffen. Aber so fühlte es sich auf jeden Fall an. Sie hatte mir mit ihrem Tanz die Sinne vernebelt, mir mit ihrer milchig weißen Haut, der schwarzen Spitzenwäsche und den Flügeln den Verstand geraubt. Wie eine Sirene hatte sie mich verführt.

Kopfschüttelnd verdrängte ich die Erinnerungen an das schummrige Tanzstudio und Emilys sinnliche Bewegungen. *In den kommenden Tagen,* nahm ich mir vor, *werde ich mich einzig und allein um meine Arbeit kümmern.* Wenn es etwas gab, mit dem es mir immer gelang, auf andere Gedanken zu kommen, dann war das mein Delicious-Coffee Unternehmen. Also stürzte ich mich in den nächsten Tagen in die Arbeit. Ich flog nach Gitega, wo ich einen Termin mit meinem Kaffeelieferanten wahrnahm und reiste im Anschluss nach London, um mich mit George und seinem Kanzleiteam zu treffen. Walkers Anwälte hatten die Verträge fertig, die nun ein letztes Mal bis ins kleinste Detail kontrolliert und Stück für Stück durchgegangen und besprochen werden mussten.

Zweiundsiebzig Stunden nach dem Fahrstuhlsex flog ich zurück in die Stadt der Sünde. Tatsächlich war es mir gelungen, mich abzulenken und eine gewisse Texanerin aus meinen Gedanken zu verbannen. Bis ich auf mein Zimmer kam und mein Blick auf das Stück Papier fiel, das auf dem Couchtisch lag. Emilys Vertrag. Verdammt. Ich hatte es drei Tage lang geschafft, sie aus dem Kopf zu bekommen. Kaum war ich zurück in Vegas, holte mich die Vergangenheit wie ein Bumerang ein und knallte mir hart gegen den Kopf. Gerade wollte ich mich nach dem Dokument bücken, es aufheben, als es an der Tür klopfte. Verwundert runzelte ich die Stirn. Ich öffnete und entdeckte einen Pagen.

»Mr. McDougal«, sagte er und reichte mir einen Brief. »Ich soll Ihnen den hier geben.« Ich nahm ihn an mich und warf einen Blick auf den schlichten weißen Umschlag. Es gab weder einen Absender noch einen Empfänger.

»Von wem kommt der?«, erkundigte ich mich und hob den Kopf, doch der Page war schon weg. Ich sah, wie er am Ende des Flurs um die Ecke verschwand. *Komischer Typ.* Neugierig öffnete ich das Kuvert und holte eine schwarze, längliche Karte hervor.

Honey Lips – Show Ticket, stand in großen goldenen Buchstaben auf der Vorderseite. Eine Eintrittskarte. Mir fiel ein, dass Emily mir eine zukommen lassen wollte. Vermutlich hatte sie den Pagen angewiesen, mich abzupassen und mir das Ticket zu überreichen.

»Verdammt«, grummelte ich und ging zurück in mein Zimmer. Ich hatte die Sache mit den Honey Lips vor mir hergeschoben und noch immer keine Entscheidung getroffen. Na gut, das stimmte nicht ganz. Im Grunde hatte der rationale Teil in mir sehr wohl eine getroffen. In einem Nobelhotel wie dem, das ich geplant hatte, hatte eine Gruppe wie ihre einfach keinen Platz. Punkt. Ende. Auch wenn Emilys Tanz umwerfend und alles andere als billig gewesen war, hatte sie hier nichts mehr zu suchen … ihre Anwesenheit machte einfach alles zu kompliziert. *Und doch*, überlegte ich und strich mit der Daumenkuppe über das glatte Papier in meiner Hand, *sollte ich wenigstens so fair sein und mir ein abschließendes Bild von ihrer Show machen.* Ich drehte die Eintrittskarte um und las den Infotext auf der Rückseite. »Jeden Dienstag bis Sonntag … im Liberty Hotel … ab 21 Uhr.« Ich warf einen Blick auf meine Rolex. Es war kurz vor halb zehn, was hieß, dass die Show noch lief. *Also gut, es war an der Zeit, mir ein finales Bild zu machen.*

Das Ticket in der Hand machte ich mich auf den Weg

nach unten. Wie in den vergangenen Tagen war das Hotel auch heute gut besucht. In der Lobby tummelten sich scharenweise Gäste und das Casino war so voll, dass ich einige Minuten brauchte, um mich durch die Menge nach hinten zu den Eventsälen zu kämpfen. Dort angekommen folgte ich dem Schild mit der Aufschrift *Honey Lips*, das mich in einen länglichen Flur führte. An dessen Ende erwarteten mich zwei junge Frauen in engen schwarzen Hosen und auffallend honiggelben Westen und Chauffeurmützen.

»Mr. McDougal«, begrüßte mich die kleinere der beiden. »Wie schön, dass Sie Zeit finden, sich die Show anzusehen.« Sollte es mich verwundern, dass das Mädchen mich kannte? Vermutlich nicht. Als der Mann, der in wenigen Monaten für den Rauswurf des gesamten Personals sorgen würde, kannte mich vermutlich jeder hier.

Ich reichte dem Mädchen meine Karte, die sie mit einem Lächeln abknipste.

»Vielen Dank, Sir«, sagte sie und gab mir das Ticket zurück, während ihre Kollegin nach der Tür griff und sie für mich öffnete.

»Wir wünschen eine gute Unterhaltung. Genießen Sie die Show«, flötete sie und ließ mich ein. Wie im Trainings-Tanzstudio umfing mich auch hier schummriges Licht. Die Luft im Saal war wie elektrisch aufgeladen, heiß und von allerhand Düften geschwängert. Es roch nach einer wilden Mischung aus herbem Männerdeodorant und blumigem Frauenparfum. Mein Blick strich über die vielen kleinen Tische, die bis auf den letzten Platz besetzt waren. Männer allen Alters, aber auch die ein oder andere Frau befanden sich unter den Gästen. Sie alle hatten ihre Blicke fasziniert nach vorn auf die runde Bühne gerichtet. Dort tanzte eine halbnackte junge Frau mit goldenen Fächern aus Pfauenfedern. Wie Emily letzthin verstand sie es, mit ihren Reizen zu spielen – gerade so viel preiszugeben, dass die Fantasie der Leute angeregt wurde. Grölende Jubelrufe schwollen an, als die Schöne zum Finale ansetzte und ihr Höschen fallen ließ. Ich beobachtete die Männer, sah, wie sie Mühe hatten, sich auf den Stühlen zu halten. Vorne auf der Bühne drehte sich die Tänzerin im Kreis und ließ die Federn auf aufregende Weise um ihren Körper wirbeln. Mit den letzten Klängen des mir unbekannten Songs, der lief, sank sie auf die Knie und drapierte die Fächer so um sich, dass man nur mehr ihren Kopf sah und es wirkte, als würde sie auf einem großen, goldenen Kissen ruhen. Applaus brandete auf und ein Scheinwerfer umriss eine Person, die zu der Tänzerin auf die Bühne kam. Sie trug ein schneeweißes Zirkusdirektorinnenkostüm mit goldenen Kordeln und einen Zylinder. Emily. Verdammt, sie sah zum Niederknien heiß aus. Der Anblick ihrer langen Beine rief mir den Sex im Fahrstuhl in Erinnerung. Ich leckte mir über die Lippen, spürte, wie meine Kehle trocken und es in meiner Hose enger wurde.

»Das war unsere bezaubernde Peacock!«, verkündete sie mit einem strahlenden Lächeln, eine Hand auf die Fächertänzerin gerichtet, die sich unter tosendem Applaus erhob und verbeugte. »Ich wusste, sie würde Ihnen gefallen.« Gefallen? So wie die Männer gerade abgingen, tat die Kleine weit mehr als das. Emily weiter im Auge, ging ich durch den schummrigen Raum und stellte mich ganz hinten – wo sie mich nicht sehen konnte – an die Bar und bestellte mir einen Scotch. Während Peacock ein paar Luftküsse verteilte und dann hinter die Bühne verschwand, kündigte Emily den nächsten Act an. »Kommen wir jetzt zu einem ganz besonderen Highlight. Ich bin sicher, dass einige von Ihnen schon sehnsüchtig auf ihren Auftritt warten«, heizte sie die Männer an. »Begrüßen Sie mit mir Kanadas heißesten Export, die Lady, die mit einem einzigen Blick Eisseen zum Schmelzen und Vulkane zum Ausbrechen bringt. Lola«, verkündete sie und richtete den ausgestreckten Arm auf das Bühnenende, wo eine zierliche Frau erschien. »O´Welly!« Der Nachname ging in Jubelrufen und begeisterten Pfiffen unter. Emily schmunzelte zufrieden, drehte sich um und verschwand mit wiegenden Schritten hinter der Bühne. Ich sah ihr hinterher, bis sie aus meinem Sichtfeld trat. Erst dann schwenkte mein Blick auf die kleine Dunkelhaarige, die sich in Lackstiefeln und einem verruchten Lederoutfit in der Mitte der Bühne aufgestellt hatte. Die großen, dunkel geschminkten Augen und das kurze Haar kamen mir irgendwoher bekannt vor …, *wenn ich nur wüsste woher.* Aber natürlich! Das war Charlotte, das Mädchen, das mich im Tanzstudio im Keller in Empfang genommen hatte. In diesem Outfit sah sie vollkommen verändert aus, wirkte nicht mehr wie ein unschuldiges Schulmädchen, sondern vielmehr wie ein abgebrühter Vamp. Und die Kerle standen darauf – und wie! Ihre Jubelrufe übertönten beinahe die Musik, die nun anfing. Charlottes Auftritt war spektakulär. Obwohl ich in meinem Leben schon auf einigen Strip-Shows war, überraschte sie mich mit Elementen, die ich so noch nie zuvor gesehen hatte. Wie bei Peacocks Performance zuvor hatte auch bei ihr Honig einen elementaren Stellenwert. Im Gegensatz zu ihrer Vorgängerin jedoch hob sie diesen nicht mit goldenen Klamotten oder Fächern hervor, sondern indem sie damit spielte. Erst mithilfe allerlei Sextoys, die ihr ein Security brachte und die sie in ihren Tanz mit einwob, später mit einem Kerl aus dem Publikum, den sie zu sich auf die Bühne holte. Der Kerl bekam die Show seines Lebens. Lola ließ ihn aus einer kleinen Tube Honig auf ihren tätowierten Körper drücken und obwohl sie es nicht zuließ, dass er sie berührte, war ich sicher, dass letztlich beide am ganzen Körper kleben mussten. Bis zum Ende ihres Auftritts stand mir der Mund offen. Vegas war eindeutig anders als England. Nicht, dass wir keine schönen Mädchen oder begabten Tänzerinnen gehabt hätten, aber die hier in Vegas waren einfach anders. Ihre Shows so viel intensiver. Charlotte hatte es geschafft, mich und zweifellos auch die anderen Männer im Raum so in ihren Bann zu ziehen, dass man das Gefühl hatte, man wäre mit ihr allein und sie würde einen jeden Augenblick den Honig von ihrer Brust lecken lassen.

Wie erwartet waren das Gejohle und die Jubelrufe groß, als sie zum Schluss kam und die Menge mit dem dringenden Wunsch nach einem guten Fick zurückließ. Wieder kam Emily auf die Bühne, bedankte sich bei Charlotte und kündigte die nächste, Candy, an. Ich sah mir zwei weitere Auftritte an und merkte, wie ich von Minute zu Minute tiefer in einen berauschenden, irgendwie süchtig machenden Sog geriet, den die Show der Honey Lips auf mich ausübte. Kein Wunder, dass die Mädchen so gefragt waren. Wer einmal hier war, wollte zweifellos mehr! Ich jedoch hatte fürs Erste genug gesehen und musste hier dringend raus. Mit einer Mörderlatte bezahlte ich meinen Drink und schlich mich aus dem kleinen Saal. Die Mädchen, die vorher vor der Tür gestanden hatten, waren inzwischen weg. Das war mir recht, denn ich war sicher, sie hätten mir meine Erregung angesehen. Erhitzt mischte ich mich unter die Casinogäste und versuchte runterzukommen. Was gar nicht so einfach war. In meiner Nase lag nach wie vor dieser herbe, blumige Duft und vor meinem inneren Auge räkelten sich noch immer die Mädchen. Ich begriff, dass Emily mir nicht aus Freundlichkeit, sondern aus reiner Berechnung die Karte hatte zukommen lassen. Sie wusste, dass ihre Mädchen anders waren, dass sie alles, was ich bis dato gesehen hatte, in den Schatten stellen würden. Genauso wie sie es mit ihrem Racheengeltanz getan hatte. Es war unbestreitbar, ihre Show war keine plumpe Stripnummer. Mitnichten! Das, was die Ladies ablieferten, war die reinste Attraktion, ein Aphrodisiakum für die Sinne. Zweifellos würde mir dieser Abend lange in Erinnerung bleiben. Genauso wie Emilys heutiges Outfit. In meinen Gedanken hatte ich sie bestimmt schon hundert Mal aus ihrem Zirkusdirektorinnenkostüm geschält und meinen Steifen in ihrer herrlichen Pussy versenkt. Es war ein Fehler, mir die Show anzusehen. Nun wurde das Gefühl in meinem Bauch, das wollte, dass ich es mit den Honey Lips versuchte und ihnen einen eigenen Eventsaal einrichtete, drängender. Ich ertappte mich dabei, wie ich mich umsah, überlegte, wo ich einen solchen Saal unterbringen könnte. Wütend schalt ich mich in Gedanken einen triebgesteuerten Dummkopf und setzte mich an die Bar. Den ersten Scotch, den ich mir bestellte, kippte ich in einem großen Schluck herunter. Das edle Getränk brannte erst in meiner Kehle und schließlich in meinem Bauch. Die Hitze tat gut, sie ließ mich herunterkommen und meinen Schwanz auf Normalgröße schrumpfen. Endlich! Ich bestellte ein zweites Glas, das ich ebenfalls in einem Zug leerte. Aus dem Augenwinkel heraus sah ich, wie mich eine der Kellnerinnen beobachtete. Heute Abend noch würde sich unter den Mitarbeitern herumsprechen, dass der neue Boss sich an der Bar die Kante gegeben hatte. Normalerweise würde mich das stören, da ich jedoch nicht vorhatte, einen der Angestellten zu übernehmen, ging mir ihr Getratsche am Arsch vorbei. Sollten sie doch denken, was sie wollten. Der Meinung war ich auch noch, als sich zwei aufgetakelte Damen zu mir gesellten. Die eine Blond mit einem üppigen Vorbau, die andere Schwarzhaarig mit feuerroten Lippen. Insgesamt keine Schönheiten, aber beide eindeutig an mir interessiert, und der Art nach, wie sie mich immer wieder beiläufig berührten, willig, die Beine für mich zu spreizen. Das war alles, was ich wollte und brauchte. Ein anständiger Fick. Ich hatte es schon mal geschafft, mir Emily mit einer heißen Nacht mit einer anderen Frau aus dem Kopf zu schlagen. Wenn es letzthin funktioniert hatte, dann würde es auch jetzt wieder klappen. Also bestellte ich meinen Begleitungen einen *Sex on the Beach*, bezahlte wenig später und führte die beiden hoch in mein Zimmer.

Das würde eine lange und versaute Nacht werden.

Emily

So wie an jedem der letzten vergangenen paar Tage lag ich gedankenverloren am Pool des Hotels herum und egal wie sehr ich mich auch bemühte, Dean war das einzige, woran ich denken konnte. Seine unvergleichlich grünen Augen, die dunklen Haare und dann seine Berührungen … Gott, ich hatte heute noch das Gefühl, seine Hände auf meiner Haut zu spüren. Verdammt! Warum bekam ich diesen Arsch nur nicht aus dem Kopf? Dabei sollte es doch meine Hauptsorge sein, ob er den Vertag unterschreiben würde. Er war unverzichtbar für die Gruppe, und ich hatte nichts Besseres zu tun, als mich hier in Tagträumen zu verlieren, die weder gut für mich waren noch mich irgendwie weiterbrachten. Aber trotzdem konnte ich seit unserem heftigen Stelldichein im Fahrstuhl nur noch daran denken, wie glücklich wir mal gewesen waren, oder vielmehr, wie glücklich ich gewesen war. Seine Berührungen hatten all diese Empfindungen wie ein Sturm an die Oberfläche gebracht und ich wusste nicht, wie ich sie abschalten sollte.

Im Hintergrund hörte ich das Wasser plätschern und musste unwillkürlich an unseren gemeinsamen Sommer zurückdenken. Der Sommer, der mich von einem naiven Ding zu einer abgeklärten Frau gemacht hatte. Der mir zeigte, dass man sich auf niemanden als sich selbst verlassen konnte.

»Ich könnte ewig so mit dir daliegen«, hörte ich Dean neben mir murmeln, während wir nach unserem ausgiebigen Sex langsam wieder zu Atem kamen. Träge drehte ich mich auf die Seite und sah, wie er lächelnd den Sternenhimmel über uns betrachtete. Sein Haar war feucht und ich konnte mich kaum an ihm sattsehen. Sich unter freiem Himmel zu lieben, war unglaublich aufregend und gle-

ichzeitig fühlte es sich so richtig an. Ich war jetzt seit über zwei Monaten mit ihm zusammen und konnte kaum glauben, dass er mir gehörte. Nicht nur dass er gutaussehend und eine Granate im Bett war, er war außerdem witzig, ehrgeizig und ehrlich. Wir mochten die gleiche Musik, liebten alte Filme und er hörte mir wirklich zu. Jede freie Minute hatte er mir im Studio zugesehen und es gab die ein oder andere private Showeinlage, sobald wir allein waren. Er wusste, dass es mein größter Traum war, Tanz zu studieren, um auf den großen Bühnen der Welt zu stehen. Weder lachte er mich wie meine Familie aus, noch sagte er mir, dass ich keine Chance hätte. Vielmehr animierte er mich dazu, mich an den renommiertesten Schulen der Welt zu bewerben. Wenn ich nur daran dachte, wie ich mit zitternden Fingern gemeinsam mit ihm das Formular für die Brent Street School in Australien ausgefüllt hatte und seither auf eine Antwort wartete, wurden meine Wangen ganz warm vor Aufregung. Seufzend kuschelte ich mich an ihn und schaute ebenfalls zu den Sternen hinauf.

»Wir sollten einfach hierbleiben, wir haben doch alles, was wir zum Leben brauchen«, erwiderte ich verliebt und hörte ihn leise lachen. Das war auch so eine Eigenschaft an ihm, die ich unheimlich anziehend fand. Er nahm das Leben leicht, machte sich keine Sorgen, sondern schaute immer nur nach vorne, anstatt an Altem festzuhalten.

Nachdem ich ihn damals vor dem Café kennenlernte, war ich tatsächlich mit ihm mitgegangen, ohne Fragen zu stellen. Er hätte ein Axtmörder sein können, mir wäre es egal gewesen. Dean hatte sich, wie sich herausstellte, ein Wohnmobil gemietet und war schon mehrere Monate unterwegs. Dass er wirklich den besten Kaffee der Welt für mich hatte, war keineswegs eine dumme Anmache von ihm. Sobald wir an seinem Camper angekommen waren, holte *er einen Bunsenbrenner und etliche Utensilien hervor, baute alles vor mir zusammen und beschrieb mir umfangreich und voller Euphorie, wie man den perfekten Kaffee zubereitete. Er erklärte mir das mit solch einer Leidenschaft, dass ich mich Knall auf Fall in ihn verliebte. Wie sich herausstellte, war es das Beste, was ich je getrunken hatte und er der tollste Mann, der mir je begegnet war. Seit er durch Amerika tourte, hatte er ein Ziel vor Augen. Er wollte nach Südamerika, um die Kaffeeplantagen mit eigenen Augen zu sehen und sich mit den einheimischen Kaffeebauern zu unterhalten. Dean wollte den Markt revolutionieren und ich glaubte ihm jedes Wort. Was dazu führte, dass ich einfach so eine Auszeit von meinem Job nahm und in diesem Moment mit ihm auf den Galapagosinseln saß und alles mit ihm gemeinsam erlebte. Ich war noch niemals zuvor im Urlaub gewesen, doch Dean hatte ohne viele Worte für mich bezahlt und mich mit seiner Hartnäckigkeit umgehauen. Er brachte mich dazu, mutig zu sein und war somit der erste Mensch auf der Welt, der an mich glaubte.*

»Findest du, wir sollten es uns hier gemütlich machen, ein Häuschen bauen und zehn Kinder bekommen?«, witzelte er und küsste meine Schläfe. Sein tiefer Bariton rumpelte durch seine Brust, auf der ich lag und ich schloss genießerisch die Augen und ließ mir die Vorstellung durch den Kopf gehen.

»Das mit den zehn Kindern ist hoffentlich Verhandlungssache«, entgegnete ich mit gespieltem Entsetzen in der Stimme. Natürlich wollte ich keine zehn Kinder, bis zu diesem Moment hatte ich nicht mal über eine Familie nachgedacht. Aber weder schockierte mich die Vorstellung wirklich, noch fand ich sie unrealistisch. Wie gesagt, mit ihm konnte ich mir alles vorstellen und deswegen kniff ich mich jeden Morgen beim Aufstehen, um zu realisieren,

dass das hier echt war.

Im nächsten Moment rollte er sich auf mich und strich mir zärtlich eine Strähne von der Wange. Er sagte nichts, sondern studierte meine Gesichtszüge, als wäre ich das Schönste, was er je gesehen hätte. Um meine Verlegenheit zu vertuschen, überlegte ich mir, wie ich mich nicht vollkommen zum Narren machte. »Ich habe eigentlich nicht vor, nur Mama zu sein, während du mit deinem Kaffee die ganze Welt verrückt machst«, sprach ich verzückt weiter, denn in seine Augen zu schauen, war, als würde man den Rest seines Lebens vor sich sehen.

»Okay, wie wäre es damit. Ich gehe mit dir nach Australien, werde von dort aus mein Geschäft aufbauen und du wirst die Leute mit deinem Tanz im Sturm erobern.« Seine Worte klangen echt und ich küsste ihn stürmisch, bevor ich zu einer Antwort fähig war.

»Ist das dein Ernst?«, wollte ich atemlos wissen, denn mit ihm würde ich jedes Risiko eingehen. Jemand wie er war mir noch nie begegnet und ich würde alles dafür tun, damit er bei mir blieb.

»Warum nicht? Nach England zurückzugehen steht für mich nicht zur Debatte. Ich möchte meine eigene Kaffeekette aufziehen, quasi ein ganzes Imperium schaffen, doch was ich am meisten möchte, ist, dass du an meiner Seite bist«, gab er feierlich zurück und sein typisches Grinsen kam zum Vorschein. »Und wenn wir all unsere Träume verwirklicht haben, ziehen wir hierher zurück und bekommen zehn Kinder.«

Ich lachte leise, legte meine Hände auf seine Wangen und sah mein ganzes Glück in diesem perfekten Mann.

»Dann haben wir einen Deal. Wie wollen wir ihn besiegeln?«, fragte ich und knabberte währenddessen an seinem Ohr.

»Da fällt uns schon was ein«, knurrte er spielerisch und

schon wälzten wir uns zum dritten Mal in dieser Nacht auf dem Sandstrand, liebten uns erst stürmisch, dann langsam, bis wir nicht mehr konnten. Ich liebte ihn mit jedem Augenblick mehr und konnte mir ein Leben ohne ihn nicht mehr vorstellen.

Lautes Kinderheulen brachte mich in die Gegenwart zurück und ich spürte erst jetzt, wie auch mir die Tränen hinter der Sonnenbrille herabliefen. Dieser Deal war geplatzt. Genauso würde es mir jetzt wieder ergehen, denn ich hatte eindeutig zu hoch gepokert. Die Mädchen würden mich umbringen, wenn sie von meiner Abmachung mit Dean erfahren würden. Nur weil zwei von ihnen es für eine gute Idee hielten. Ich hätte es besser wissen müssen! Für ihn zu tanzen, war, als würde man einen geilen Stier mit einem roten Tanga ködern, ohne mit den Konsequenzen zu rechnen. Ich dachte wirklich, ich hätte die Situation unter Kontrolle gehabt und wäre er mit seinem sexy Hintern auf dem Sessel sitzen geblieben, wäre ich jetzt nicht völlig am Arsch. Der Sex mit Dean war eine schlechte Idee gewesen und hatte nichts bei einer geschäftlichen Angelegenheit wie dieser zu suchen.

»Du bist die Königin der Idiotinnen«, schimpfte ich mich leise und bekam langsam Angst, dass mein Hang zu Selbstgesprächen deutlich dramatischer wurde, seit er wieder in mein Leben getreten war.

»Also das mit der Königin würde ich glatt unterschreiben, Emily Masters, doch der Teil mit der Idiotin klingt nicht nach dir«, hörte ich eine tiefe Stimme sagen und hob erschrocken den Kopf. Trotz Sonnenbrille hielt ich mir die Hand vor Augen, um den Lauscher ins Visier zu nehmen.

Breite Arme, die in einem engen Shirt steckten und ein Sixpack, das sich ebenfalls darunter abzeichnete, waren das Erste, was ich erblickte. Dann kam ich zu seinem Gesicht und als ich das Lächeln erkannte, sprang ich von meinem Stuhl auf und dem Mann direkt in die Arme.

»O mein Gott, Chip Peterson, was machst du denn hier?« Jetzt lachte der Mann laut los, während er mich in den Armen hielt und mir einen sanften Kuss auf die Wange gab. Erst dann ließ er mich herunter und seine Lachfältchen traten deutlich hervor. Er war ein hübscher Kerl, mit Armen wie Keulen und vollen blonden Haaren. Dazu kamen seine babyblauen Augen. So manche Frau würde bei seinem Anblick zu sabbern anfangen. Ich beschränkte mich aufs Glotzen, denn für die Sabberei war er leider zu spät dran. Das tat ich nur bei einer Person und ich gab mir in Gedanken eine Ohrfeige, weil ich schon wieder an ihn dachte.

»Es ist auch schön, dich wiederzusehen. Gut siehst du aus«, meinte er liebevoll und nahm mir die Sonnenbrille ab. Als er die rotgeränderten Augen entdeckte, verdüsterte sich sein Blick schlagartig und sein Griff wurde fester. »Muss ich jemanden für dich verhaften?«, knurrte er und mir stand der Mund offen bei seiner Frage.

»Du bist Polizist? Hier? Seit wann?« Ich war sicher, ab heute würden sich sämtliche weiblichen Singles verhaften lassen, nur um von ihm berührt zu werden. Chip sah aus wie ein heißer Stripper der Chippendales.

»Seit letzter Woche. Ich habe mich hierher versetzen lassen, obwohl ich mich an den Trubel erstmal gewöhnen muss«, antwortete er mir und zeigte auf den Stuhl, von dem ich vor wenigen Minuten aufgesprungen war. »Aber weich nicht aus. Hat dir irgendwer Ärger gemacht? Du kannst es mir ruhig sagen, ich lasse es dann wie einen Unfall aussehen!« Es hörte sich wie ein Scherz an, aber ich wollte ihn nicht auf die Probe stellen. Ich setzte mich wieder auf die Liege, er nahm mir gegenüber Platz und seine autoritäre Art gab mir das Gefühl, in einem Verhör zu stecken.

»Nein, nein, ich komme gut allein zurecht. Wie um alles in der Welt bist du hierher geraten? Du liebst Texas und unsere grünen Weiden. Warum willst du ausgerechnet in Vegas arbeiten?«, fragte ich betont unschuldig, denn mir schwante bereits, warum, oder beziehungsweise, wegen wem er hier war. Chip Peterson und seine beiden Brüder waren die Sonnyboys an unserer High-School gewesen. Er war Captain des Footballteams und der Mädchenschwarm schlechthin. Wir hatten mal eine heiße Nacht auf dem Rücksitz seines Camaro, ohne bis zum Äußersten zu gehen und das war es dann auch. Ich war nie in ihn verliebt gewesen, ansonsten wäre ich schon vor Dean mit einem gebrochenen Herzen herumgelaufen. Doch dieses Privileg hatte nur der Arsch aus England für sich beanspruchen können.

»Du weißt, warum ich hier bin. Ich habe eure Show gesehen. Also wo finde ich sie?« Die Rede war von Peacock, oder wie er seine kleine Schwester nannte, Kate. Ich seufzte leise und überlegte schnell, wie ich ihr noch ein wenig Aufschub gewähren konnte, bevor Chip sie über die Schulter warf und in den nächsten Flieger setzte.

»Hör zu, Chip. Kate ist erwachsen und trifft ihre eigenen Entscheidungen. Himmel, sie ist zweiundzwanzig Jahre alt und weiß, was sie tut«, erwiderte ich doch etwas hitzig, denn ich hasste es, wenn die Familie scheinbar immer besser als man selbst wusste, was gut für einen war.

»Ich will mich nicht mit dir streiten, Emily, aber das geht dich nichts an. Meine Familie hat damals bei eurer Show vor dem Fernseher gesessen und wir haben nichts davon gewusst. Stell dir bitte mal die Gesichter meiner Eltern vor, geschweige denn die meiner Brüder. Bill hätte fast einen Herzinfarkt bekommen und Dad war den ganzen Abend damit beschäftigt, seine Gewehre zu reinigen«, gab er empört zurück und ich zuckte zusammen, als ich mir das bildlich vorstellte. »Kate ist nach der Show einfach nicht nach Hause gekommen. Wir waren krank vor Sorge um sie und ich habe monatelang nach ihr gesucht. Als ich dann durch Zufall mitbekommen habe, wie ein Kollege von mir über die Brüste meiner Schwester philosophiert hat und wie spektakulär sie tanzen würde, konnte ich nach ein paar deutlichen Aufforderungen erfahren, wo sie abgeblieben war.« Chip hatte seine Arme vor der Brust verschränkt und war jetzt ganz der Cop. Er war einschüchternd, doch bei mir an der falschen Adresse für Machtspiele.

»Ich wusste nicht, dass sie Hals über Kopf abgehauen war. Sie ist sehr ruhig und gern für sich allein. Mit euch als Brüder hatte sie es bestimmt nicht leicht«, antwortete ich ihm und er öffnete den Mund, um sich zu wehren, doch ich hielt ihn mit einer Handbewegung auf. »Sie hat nicht gesagt, dass ihr sie herumkommandiert und bevormundet habt, aber das brauchte sie auch gar nicht. Ich habe gesehen, wie ihr sie in der Schule abgeschottet habt. Sie ist kein Kind mehr, Chip, und das solltet ihr langsam kapieren. Was hältst du davon, wenn du mir deine Nummer und Adresse gibst und ich sie weiterleite?«, schlug ich ihm vor, denn ich hatte Angst, dass Peacock sich sofort aus dem Staub machen würde, wenn sie von seiner Ankunft Wind bekäme. Er beäugte mich misstrauisch, stöhnte dann aber geschlagen auf und holte einen Notizblock aus seiner hinteren Hosentasche. Ich hob belustigt eine Braue und er rollte mit den Augen.

»Sag es nicht. Das sind Copdinge, das verstehst du nicht.«

»Es sieht für mich so aus, als würdest du zu jeder Zeit Personalien aufnehmen können«, zog ich ihn auf und er grinste breit.

»Du bist immer noch genauso frech wie damals. Und genauso schön.« Obwohl ich nichts von ihm wollte, stieg mir Hitze in die Wangen und ich haute ihm spielerisch auf den Arm.

»Flirtest du mit mir, Chip?«

»Auf jeden Fall. Es tut gut, ein bekanntes Gesicht zu sehen«, meinte er und lehnte sich zu mir vor, um mir den Zettel zu reichen. Er blieb in der Position und hielt meine Hand fest, als ich nach dem Blatt griff. Einen Augenblick wünschte ich mir, Chip wäre derjenige, der mein Herz zum Rasen brachte. Doch so viel Glück hatte ich nicht.

»Störe ich?«, donnerte eine Stimme hinter mir und ich zuckte ertappt zusammen.

Dean

Die Hände in die Hüften gestützt stand ich da, den Blick auf Emily und den blonden Kerl gesenkt, der ihre Hand festhielt. Wer war die Arschgeige, und was fiel ihm ein, sie anzufassen? Wehe, wenn das einer dieser Typen aus der Honey Lips Show war, der versuchte, sich an sie ranzumachen! Ich würde den Wurm eigenhändig aus dem Hotel werfen!

»Dean.« Emilys Augen wurden schmal, als sie zu mir aufsah. Ihre Miene ließ keinen Zweifel daran, dass sie nicht erfreut war, mich zu sehen. »Was willst du hier?«

»Offensichtlich dasselbe wie du«, entgegnete ich und deutete auf den fucking heißen und winzigen, feuerroten Bikini, den sie trug. War sie hier, um in dem Teil Männer abzuschleppen? Schon klar, das ging mich nichts an. Aber warum zum Teufel machte es mich dann so wütend?! Während Emilys Blick verstohlen über meinen nackten Oberkörper herab zu meiner Badeshorts glitt, wandte ich mich dem Typen zu. »Und Sie sind?«, knurrte ich.

»… der Meinung, dass du einen Abflug machen solltest«, konterte der Blonde und richtete sich auf. Mit meinen eins neunzig überragte ich den Kerl um etwa fünf Zentimeter. Körperlich jedoch stand er mir in nichts nach. Wie ich war er in Topform. Was mir jedoch nicht imponierte.

»Ach ja?« Die drückend heiße Mittagsluft zwischen uns begann vor Anspannung zu knistern. »Wie wär´s, wenn …«

»Wenn du dich um deinen eigenen Kram kümmern würdest?!« Das war Emily, die sich eilig erhoben hatte und sich zwischen mich und den Fremden stellte. Ihr so nah zu sein, ohne sie berühren zu dürfen, war hart. Ich hatte wirklich gedacht, mit ausreichend bedeutungslosem Sex mit anderen Frauen mir Emily aus dem Kopf geschlagen zu haben. Nun, da sie jedoch so nah vor mir stand, mir ihr liebliches Parfum in die Nase stieg und ich mich dabei ertappte, wie ich mich wie damals in ihren Mandelaugen verlor, wusste ich, dass ich mich getäuscht hatte. Selbst wenn ich eine ganze Armee Frauen flachlegen würde, keine wäre wie sie.

»Emily, wer ist der Kerl?«, hörten wir den Typen hinter ihr fragen. »Macht er dir Probleme? Soll ich mich um ihn kümmern?«

»Was? Nein!«, kam es wie aus der Pistole geschossen von meiner sexy Texanerin. Sie drehte sich zu ihm um und legte ihm eine flache Hand auf die Brust. »Nein, Chip. Schon gut.« *Chip? Was für ein bescheuerter Name,* dachte ich grimmig bei mir. »Hör mal, ich muss weiter. Deine Nummer habe ich jetzt ja.« Sie hob demonstrativ ein Stück Papier hoch, das sie in der anderen Hand hielt. »Ich melde mich. Versprochen.« *Wie bitte, sie hatte sich seine Nummer geben lassen!?* Was sollte die Scheiße!? Okay, okay, wir waren nicht mehr zusammen, sie konnte sich also treffen, mit wem sie wollte … aber dieser Chip? Und dann vor meinen Augen. Sollte das so was wie ein geheimer Rachefeldzug gegen mich sein?

»Alles klar«, antwortete Chip mit einem warnenden Blick an mich. »Dann warte ich auf deinen Anruf, Em.« Damit beugte er sich vor und küsste sie auf die Wange. *Em!* Niemand nannte sie so. Verflucht, das war mein Spitzname für sie. Meiner! Bevor ich dazu kam, einen blöden Spruch laufen zu lassen, trat Chip an Emily vorbei. Ich wich ihm bewusst nicht aus und stieß mit meiner Schulter provokant gegen seine, als er an mir vorbeiging. Die Zähne zusammengebissen sah ich ihm nach. Ich war in Stimmung für Ärger. Doch der Kerl ließ sich auf nichts ein und stieg die Treppe zur Hotelterrasse empor. Als ich mich zu Emily herumdrehte, beugte die sich gerade über eine Liege und steckte den Zettel in ihre Badetasche.

»Was sollte das? Wer ist der Kerl?«, knurrte ich.

»Ich wüsste nicht, was dich das angeht«, gab sie biestig zurück, stopfte ihr Badetuch und ihre Sonnenbrille in die Tasche, schulterte sie und hob einen großen weißen Sonnenhut von der Liege. »Aber wenn du schon da bist«, sagte sie, richtete sich auf und sah mir selbstbewusst in die Augen. »Was ist mit unserem Vertrag? Hast du ihn unterzeichnet?« Mein Schweigen ließ sie wütend die Lippen zusammenkneifen. »War ja klar«, zischte sie und setzte sich kopfschüttelnd den Hut auf. »Geh mir aus dem Weg.« Damit drängte sie sich an mir vorbei und steuerte wie Chip zuvor die Treppe an. In meinem Kopf meldete sich die Stimme der Vernunft zu Wort. Sie riet mir, sie gehen zu lassen. Doch das sahen meine Beine anders. Ehe ich mich ´s versah, lief ich ihr nach.

»Emily!«, rief ich, woraufhin sie ihren Schritt beschleunigte. »Verdammt, was soll das?!«, ärgerte ich mich, doch sie ging nicht auf mich ein, sondern beeilte sich, auf die Terrasse und durch deren Flügeltür ins Innere des Hotels zu kommen. Mit ihr Schrittzuhalten war gar nicht so einfach. Ich folgte ihr durch einen Flur in die Lobby. Dort herrschte ein einziges Getümmel, weil gerade eine Wagenladung asiatischer Gäste eingetroffen war. Um ein Haar hätte ich sie aus den Augen verloren, sah jedoch gerade noch, wie sie im Treppenhaus verschwand. Fluchend schob ich mich in nichts als meiner Badeshorts durch die Menge. Am Treppenhaus angekommen, nahm ich immer zwei Stufen gleichzeitig, um sie einzuholen. Im vierten Stock sah ich die Tür zufallen. Hier musste sie rausgelaufen sein. Ich riss sie auf und lief in den Flur. Tatsächlich stand Emily vor einem der Zimmer und murkste gehetzt am Schloss herum. Sie warf mir einen erschrockenen Blick über die

Schulter zu, als der altmodische Schlüssel schließlich ins Schloss fand und sie eilig aufsperrte. Sie stürmte ins Zimmer, schleuderte die Tür hinter sich zu, doch es war zu spät. Ich hatte sie bereits eingeholt. Mit flachen Händen fing ich die Tür ab, die sie von innen zuzudrücken versuchte und stemmte sie auf.

»Es reicht!«, polterte ich, als ich zu ihr ins Zimmer trat und sie erschrocken zurückwich. »Wie wär´s, wenn du endlich aufhören würdest, vor mir davonzulaufen und stattdessen mit mir redest?«

»Es gibt nichts zu bereden.« Die schlanken Arme vor der Brust verschränkt, funkelte sie mich böse unter ihrem Sonnenhut hervor an. »Ich habe gesagt, was ich zu sagen hatte. Wir hatten einen Deal, den du hast platzen lassen.« Während ich die Tür hinter mir schloss, steigerte Emily sich langsam, aber kontinuierlich, in ihre Wut hinein. »Du hast mich verarscht, Dean. Schon wieder!« Diese Worte schnitten mir ins Herz. »Ich hätte es besser wissen müssen. Ein Arschloch bleibt ein Arschloch.« Nie zuvor hatte ich aus ihrem Mund Kraftausdrücke wie diese gehört. Emily mochte ein einfaches Mädchen vom Land sein, aber sie war alles andere als primitiv. Dass sie so außer sich war, war ganz allein meine Schuld. Wenn ich der Typ Mann gewesen wäre, der mehr auf seinen Kopf als seinen Bauch hörte, hätte ich jetzt das einzig richtige getan und mich bei ihr entschuldigt. Doch so war ich nicht. Statt meine Fehler einzugestehen, ließ ich mich von der Wut treiben, die in meinem Bauch brodelte, seit ich sie mit Chip gesehen hatte.

»Wer war der Kerl am Pool?«, drang es aus mir heraus. »Will er was von dir?«

»Chip?«, lachte sie belustigt auf, doch schon im nächsten Moment hatte sie sich wieder im Griff und kniff die Lippen zusammen. »Das geht dich nichts an.«

»Hattest du was mit ihm?« Allein die Vorstellung ließ mich die Fäuste ballen. Emily senkte den Blick und versteckte ihr puppengleiches Gesicht unter der breiten Hutkrempe. Ich sah an ihrer schlanken Gestalt herunter, betrachtete die zarte, vom Sonnen über der Brust leicht gerötete Haut. Der Bikini, den sie trug, gehörte verboten. Dieses Teil ließ Männerherzen nicht nur höher schlagen, sondern regte auch auf schwanzzerreißende Weise ihre Fantasie an. Im Ernst, ich musste an mich halten, um ihr das bisschen Stoff nicht an Ort und Stelle vom Leib zu reißen. »Hattest du was mit ihm?«, wiederholte ich meine Frage. Emily schwieg. »Sollte der Scheißkerl dich angefasst haben, dann …« Augenblick! War das ein Schniefen? Was zur Hölle war hier los? Ich ging die paar Schritte auf sie zu, packte ihren Hut an der Krempe, hinter der sie sich nach wie vor versteckte und riss ihr das Teil vom Kopf. Emily hob erschrocken den Kopf. Und da sah ich sie, die Tränen, die in ihren Augen schwammen. Uff. Ihr Anblick war wie ein Hieb in den Magen.

»Ist alles okay?« Im ersten Moment war ich sicher, dass es Tränen der Trauer waren. Dass sie weinte, weil ich sie schon wieder verletzt hatte. Doch schon im nächsten Augenblick begriff ich, dass es Tränen des Zorns waren.

»Nein«, blaffte sie und wischte sich über die Nase. »Nichts ist okay. Ich hasse dich!« Mit diesen Worten hob sie beide Hände und stieß mich so fest gegen die Brust, dass ich einen Schritt zurück stolperte. »Ich hasse dich, weil du jedes Mal, wenn du in mein Leben trittst, alles durcheinanderbringst. Weil du einfach alles zerstörst«, schrie sie mit brüchiger Stimme. »Weil du mich zerstörst … und ich zu schwach bin, um dich endlich loszulassen.« Meine Lippen öffneten sich überrascht.

»Emily«, sagte ich mit leiser Stimme und streckte eine Hand nach ihr aus.

»Nein!« Wütend fegte sie sie zur Seite. »Auf dein Mitleid kann ich verzichten! Hau ab und lass mich endlich in Ruhe. Ich will dich nie wiedersehen. Hörst du, nie wieder!« Das Zittern in ihrer Stimme strafte sie eine Lügnerin.

»Das reicht.« Ihren Hut, den ich immer noch in der Hand hielt, beiseite schleudernd, beugte ich mich vor, packte sie am Oberarm und zog sie an mich.

»Was? Dean, nein …« Meine Lippen erstickten ihren Protest. Während Emily mit den Fäusten gegen meine Brust trommelte, schlang ich meine Arme um sie und zog sie so nah an mich heran, bis sie sich nicht länger wehren konnte. »Lass mich los«, nuschelte sie hilflos und ich nutzte die Gelegenheit, um ihr meine Zunge in den Mund zu schieben. Ein wütender Laut entfuhr ihr, bevor sie zubiss.

»Verdammt«, maulte ich und ließ von ihren Lippen ab, während ich die Arme weiterhin fest um sie geschlungen hielt.

»Lass mich.« Sie wand sich unter meiner Umarmung. »Dean, im Ernst, lass mich sofort los.«

»Das werde ich nicht. Denn das alles hier ist reiner Irrsinn. Dein Widerstand ist zwecklos.« Sie wollte und brauchte mich genauso sehr wie ich sie, das sah, roch, ja verdammt noch mal, das spürte ich mit jeder Zelle meines Körpers. Sie wollte mich, daran bestand kein Zweifel und ich würde ihr zeigen, wie sehr. Also löste ich eine Hand von ihrem Rücken, schob sie zwischen ihre Beine und unter ihr Höschen. Emily verkrampfte sich erschrocken.

»Nein, Dean, wage es ja nicht …« Mehr brachte sie nicht heraus, weil ich mit meinem Mittelfinger ihre Schamlippen teilte und ihn in ihre nasse Pussy schob. Ich wusste, dass sie mich wollte. Mir machte sie nichts vor. Mein angewinkelter Finger fand sofort die raue Stelle ihres G-

Punkts. Ein roher Laut entrang sich ihrer Kehle, als ich sie zu stimulieren begann. Ich spürte, wie ihre Beine wackelig wurden und stützte sie mit der freien Hand.

»Ja, so ist es gut, lass dich gehen«, raunte ich, als ihr Kopf gegen meine Brust sank und sie zu stöhnen begann. Ihre Feuchtigkeit, die über meinen Knöchel auf den Handrücken herablief, ließ ein Zelt in meiner Hose wachsen. Ich zog meinen Finger aus ihr zurück, schnappte sie und hob sie auf das Sideboard an der Wand.

»Dean … nicht … hör auf«, protestierte sie atemlos. Mit flinken Fingern löste ich die Schlaufen, die an den Seiten ihr Bikinihöschen zusammenhielten. Als der Stoff herabglitt und ihre glattrasierte Scham preisgab, zuckte mein Schwanz vorfreudig. »Bitte … nicht, ich …« Der Rest ging in einem gedehnten Seufzer unter, als ich mich zwischen ihre Schenkel kniete und mit der Zunge ihre herrliche Spalte entlangfuhr. Fuck, wie hatte ich ihren Geschmack vermisst.

Emilys Finger krallten sich in mein Haar, als ich ihren Kitzler mit der Zungenspitze neckte, an ihm saugte und dabei zwei Finger in ihrer Hitze versenkte. Ihr mühsam unterdrücktes Keuchen über mir war wie Musik in meinen Ohren und schürte mein Verlangen. Sie sollte sich endlich vollkommen gehen lassen und sich nicht länger gegen mich wehren. Darum leckte und verwöhnte ich sie, bis ich spürte, wie sich ihre inneren Muskeln um meine Finger herum zusammenzuziehen begannen. Sie war kurz davor. Perfekt. Zufrieden löste ich mich von ihr und richtete mich auf.

»Ich brauche dich, Em«, raunte ich, trat zwischen ihre gespreizten Beine, stieg aus meiner Badeshorts und kickte sie zur Seite. Dann nahm ich meinen Steifen in die Hand und zog die Eichel durch ihre geschwollene Spalte. Emily erschauderte und kratzte mit den Fingernägeln über die

Kante des Sideboards, an der sie sich festhielt.

»Gott«, keuchte sie und ich sah, wie sich an ihren Schenkeln eine Gänsehaut ausbreitete. Ein zweites Mal zog ich meine Spitze über ihre Mitte, woraufhin sie erneut erschauderte und sich etwas veränderte. Es musste ihr innerer Prostest sein, den sie endgültig aufgegeben hatte. Denn von diesem Moment an ließ sie nicht nur geschehen, was ich mit ihr machte, sondern holte sich auch, was sie wollte. Mit einem sehnsüchtigen Seufzen hob sie ihre Hände an meine Brust und befühlte meine Muskeln. Einen Wimpernschlag später beugte sie sich vor und küsste mich. Ihre Zunge stieß fordernd in meinen Mund, umschmeichelte und streichelte die meine.

»Kondome«, keuchte ich ungeduldig an ihren Lippen.

»Nachttisch«, brachte sie zwischen zwei hungrigen Küssen hervor. Ich hob sie vom Schrank und trug sie rüber zum Bett, wo ich sie auf die Matratze legte. Dann öffnete ich die Schublade des Nachttischkastens und fand, wonach ich suchte. Noch während ich den Gummi überzog, stieg ich zu ihr ins Bett. Emily zog mich zu sich hinab. Ich glitt zwischen ihre Beine, konnte kaum fassen, sie endlich wieder unter mir zu haben. Mit einem kräftigen Stoß trieb ich mich tief in sie und entlockte ihr damit ein raues Stöhnen. Dann küsste ich ihre Halsbeuge, leckte und saugte über die Stelle unter ihrer Kinnlinie, von der ich wusste, dass sie sie auf Touren brachte. Prompt hob sie ihre Beine und schlang sie um meinen unteren Rücken.

»Fick mich, Dean,«, bettelte sie und ich begann in einem schnellen Rhythmus in sie zu stoßen. Es war gut, aber nicht das, was ich brauchte. Dieser elende Gummi nervte. Ich wollte sie richtig spüren. So wie früher. Mich auf die ursprünglichste aller Formen mit ihr vereinen. Ihre warme Nässe und Enge an meinem Schwanz fühlen. Dieses eine Mal noch musste es so gehen, doch bei unserem nächsten

Stelldichein, entschied ich, würde ich sie ohne dieses verdammte Ding vögeln. Auf die Unterarme gestützt, beobachtete ich, wie sie dalag. Das dunkle Haar, das sich in wilden Wellen um ihren Kopf bauschte, ihre blasse Haut und die Lust in ihren grünen, von dunklen Wimpern umrahmten Augen. Ihre Atmung war rau, die Lippen einen Spalt breit geöffnet und auf ihren Wangen zeigte sich eine zarte Röte. Sie war wunderschön und wirkte gleichzeitig zerbrechlich. Plötzlich begriff ich, warum ich mich in all den Jahren nach ihr nie richtig auf eine andere Frau eingelassen hatte. Ich war immer der Meinung gewesen beziehungsunfähig zu sein, weil ich ein Lebemensch war – mich auf niemanden fixieren wollte. Jetzt und hier verstand ich jedoch, dass ich mir was vorgemacht hatte. Der einzige Grund, warum ich keine Beziehung wollte, war, dass ich nie aufgehört hatte, Emily zu lieben. Damals, in Austin, hatte diese taffe kleine Texanerin mein Herz erobert und es bis heute behalten. Ehrfürchtig senkte ich meine Lippen auf ihre und küsste sie. Ich legte all meine Gefühle, all die Sehnsucht, die ich verdrängt hatte, in diesen Kuss. Emily, die sich in ihrer Lust unter mir wand, spürte die Veränderung und hielt wie ich in der Bewegung unvermittelt inne. Sie hob die Hände und umfing mein Gesicht. Sie erwiderte meinen Kuss und ich spürte ihren Schmerz, den Kummer, den ich ihr bereitet hatte. Tränen brannten in meinen geschlossenen Augen, als ich mich auf die Seite legte und sie nah an mich zog. Ich wusste, sie begriff, dass dies hier meine Art war, mich für all das, was ich ihr angetan hatte, zu entschuldigen. Einen langen Moment lagen wir eng umschlungen da und küssten uns, bis sich der Schmerz schließlich auflöste. Irgendwann begannen unsere Zungenschläge sinnlicher zu werden. Hitze stieg in mir auf und neues Verlangen flutete durch meinen Körper. Ich schob meine Hände an Emilys Hintern, knetete ihre

Pobacken und zog sie an mich, damit sie spürte, dass ich immer noch hart war. Sie gab ein überraschtes Keuchen von sich, als ich sie mit mir herum rollte. Nun war sie auf mir und sie begriff sofort, worauf ich hinauswollte. Ihre Lieblingsstellung. Sie biss sich auf die Lippe, verkniff sich ein Grinsen, als sie sich erhob und ich meine Penisspitze vor ihrer Pussy in Position brachte.

»Gott, jaaaa«, stöhnte sie, als sie sich auf meinem steifen Schwanz niederließ. Emilys Kopf sank in den Nacken, während sie sich genüsslich auf mir zu bewegen begann. Sie nackt auf mir zu haben, war verflucht heiß. Ich hob die Hände, schob die kleinen Stoffdreiecke ihres Bikinis beiseite und umfing ihre Brüste. Wie damals lagen sie wie perfekte kleine Äpfel in meinen Händen. Ich zupfte an ihren Spitzen, die sich dankbar aufrichteten und mir entgegendrängten. Rasch begannen Emilys Bewegungen schneller und hungriger zu werden. Sie hatte es schon immer geliebt zu Reiten, daran hatte sich nichts geändert. Um sie weiter zu stimulieren, kniff ich die Pobacken zusammen und trieb meine Länge bis zum letzten Millimeter in sie. »Oh, Dean … Dean«, keuchte sie, beugte sich vor und stützte sich mit den Händen auf meiner Brust ab. Ich wusste, was das bedeutete – sie war kurz davor. Das verriet auch ihr Blick. Ihre normalerweise grünen Iriden hatten einen dunklen, fast braunen Ton angenommen. Emilys Augen waren auf meine gerichtet.

»Ja«, sagte ich, packte ihre Hüften und dirigierte sie auf meinem Schwanz. »Sieh mich an. Ich will sehen, wie du kommst.« Sie keuchte und grub die Fingernägel in meine Haut. »So ist es gut«, lobte ich und spürte, wie ihre Muskeln sich fest um mein bestes Stück zusammenzogen. »Komm für mich, hörst du, für mich.« Meine Worte schienen ihr den Rest zu geben.

»Dean, ja Dean!«, schrie sie und ich sah zu, wie sie über

mir erschauerte. Pure Ekstase zeichnete sich auf ihren Zügen ab, was mich vor Verlangen fast um den Verstand brachte. Es war unbeschreiblich zuzusehen, wie sie auf mir und für mich kam. Noch bevor ihr Orgasmus abgeklungen war, verengte ich den Griff um ihre Hüfte und holte mir, was ich brauchte. Vier, fünf Stöße später hatte Emily sich erholt und stieg in meine Bewegungen mit ein. Ich spürte, wie sie ihre inneren Muskeln bewusst anspannte und meinen Steifen damit zusätzlich bearbeitete. Verdammt, das war einfach zu gut. Nahezu augenblicklich erschauerte ich in einem alles umfassenden Höhepunkt. »Fuck«, drang es rau aus mir heraus, bevor ich mich mit einem letzten Stoß tief in ihr vergrub.

Erschöpft sank Emily schließlich auf meine Brust. Atemlos lagen wir eine Weile einfach nur da. Ihr Körper glühte vor Anstrengung und war wie meiner mit einem dünnen Schweißfilm überzogen. So mit ihr dazuliegen, tat unendlich gut und erinnerte mich an früher. An unsere gemeinsame Zeit. »Das war der Wahnsinn«, meinte sie irgendwann.

»Das war es«, stimmte ich zu, während sie sich mit einem verliebten Lächeln löste und aufrichtete. Als sie von mir herunter und auf die Matratze rutschte, streifte ich das Kondom ab und verknotete es. Nur einen Herzschlag später wurde die Zimmertür geöffnet. Emily entfuhr ein spitzer Schrei. Erschrocken angelte sie nach einem der zerwühlten Laken und zog ihn über uns. Dann warf sie einen Blick zur Tür, wo ihre beste Freundin stand.

»Cassie? Was tust du hier?«

»Dasselbe könnte ich dich fragen. Was zum Teufel treibt ihr beiden da?«

»Das … ähm ist eine lange Geschichte.«

»Das glaube ich sofort«, meinte Cassie und verschränkte die Arme vor der Brust. »Hi, Dean«, begrüßte sie mich.

»Hi«, gab ich gelassen zurück. Schließlich war es mir nicht peinlich, dass sie uns im Bett erwischt hatte. Ich warf einen Blick auf Emily, die sich das Laken bis unter das Kinn gezogen hatte. »Was denn? Jetzt mach dich mal lock-er. Wir sind erwachsen, Sex gehört zum Leben dazu.« Dann wandte ich mich wieder an Cassie. »Und, wie war euer Urlaub in London?«

»Gut.« Sie deutete schmunzelnd mit dem Daumen über die Schulter. »Übrigens, George sucht nach dir.«

Emily

»Ist das dein Ernst? Du erkundigst dich in so einer Situation nach ihrem Urlaub?«, zischte ich Dean offen an und sah aus den Augenwinkeln, wie sich meine beste Freundin die Hand vor den Mund hielt, um ihr Gackern abzumildern.

»Absolut nicht. Ich würde wirklich gern wissen, wie Cassie meine Heimat gefallen hat«, erwiderte er selbstgefällig und mein Wutbarometer schlug von Null auf Hundert aus. »Komm schon, was ist schon dabei, wenn sich zwei Erwachsene amüsieren, und das haben wir doch, oder etwa nicht?«, fragte er mich mit einem Grinsen, das ich ihm nur zu gern aus dem Gesicht geschlagen hätte. Seit er wieder in mein Leben geplatzt war, machte sich immer mehr eine gewisse Mordlust in mir breit. Augenrollend schaute ich zu Cassie hinüber, die sich weiterhin amüsierte und nicht fähig war, ihm zu antworten, ohne einen Lachflash zu bekommen. Ich wollte es gerade genauso locker sehen wie die beiden, doch dann traf mich fast der Schlag, als der Kerl meiner gottverdammten Albträume die Bettdecke zurückschlug und aufstand.

Seelenruhig ging er rüber zum Sideboard und bückte sich nach seiner Badeshorts, was mir und Cassie einen spektakulären Ausblick auf seinen Knackarsch gewährte. Dann drehte er sich um und zog sich das Ding tiefenentspannt an. Dass meine Freundin dabei seinen Schwanz zu sehen bekam, schien ihn nicht zu stören. Ich jedoch konnte nichts dagegen tun, dass meine Eifersucht hochkochte und ich ihr am liebsten die Augen zugehalten hätte. Mit einem Zwinkern an mich kam Dean zurück zum Bett, kniete sich auf die Matratze und beugte sich für einen Abschiedskuss zu mir herüber. Das war doch echt die Höhe! Er benahm sich, als wäre es das Normalste auf der Welt, dass jeder sein Ding zu sehen bekam. Das gab mir das Gefühl, eine x-beliebige Tussi zu sein und schürte meine Wut.

»Wenn du es wagst, auch nur in die Nähe meiner Lippen zu kommen, dann Gnade dir Gott«, warnte ich ihn durch die Zähne knurrend, was ihm nur ein Glucksen entlockte.

»Em, ich habe heute nichts anderes getan, als deinen Lippen zu huldigen und ich kann mich vage daran erinnern, dass es dir verdammt gut gefallen hat!« Ich griff nach einem Kissen und pfefferte es ihm ins Gesicht. Ein leises *Umpf* ließ mich den Schock kurz vergessen, doch dann warf er das Ding zurück und traf mich ebenfalls mitten im Gesicht.

»Au … du …«, zischte ich und überlegte gerade ihm das Teil mit voller Wucht um die Ohren zu donnern, als er sich bereits aus dem Bett zurückzog.

»Ich würde gern noch bleiben und plaudern, aber ich denke, George wird jeden Moment die Polizei alarmieren, wenn er nichts von mir hört. Vegas ist ein ziemlich gefährliches Pflaster«, meinte er locker an Cassie gerichtet, die immer noch an derselben Stelle stand und keinen Ton von sich gab. »Wir sehen uns später, Em.« Dean hob zum Abschied den Arm und warf mir einen Handkuss zu. Ich quittierte das mit einem erhobenen Mittelfinger und fühlte mich wieder in meine Teenagerzeit zurückversetzt. Er lachte leise und ging zur Tür. Bevor er das letzte Wort haben konnte, musste ich noch irgendetwas sinnvolles hinterwerfen.

»Unterschreib den verflixten Vertrag und hau ab!«, rief ich ihm nach, doch da trat er schon an Cassie vorbei und raus auf den Flur. Wütend über mich selbst griff ich das Kissen und schrie lauthals hinein. Es erklang nur ein gedämpftes Kreischen. Ich wollte irgendetwas zerstören, weshalb ich es an den Seiten packte und schüttelte.

»Ich unterbreche dich nur ungern, aber bitte zerreiße es

nicht. Das Hotel hat bald keine Kissen mehr, wenn du so weiter machst«, hörte ich meine Freundin sagen, die zu mir hereinkam und die Tür hinter sich schloss. Ich warf ihr einen finsteren Blick zu, musste dann aber doch über mich selbst schmunzeln. Sie hatte ja recht, mein Kissenverschleiß war nicht abzustreiten. Erschöpft von all den Streitereien und dem hitzigen Sex ließ ich mich nach hinten in die Kissen fallen und sah an die Zimmerdecke.

»Wieso muss der Kerl nur so sexy sein? Ich bin eine willensschwache, dumme Pute«, sagte ich mehr zu mir selbst, aber Cassie warf sich neben mich aufs Bett und schien eher neugierig statt anklagend auf mich hinab zu blicken.

»Du bist nicht dumm, nur verliebt!«

»Ich bin nicht …!«, entrüstete ich mich, doch sie unterbrach mich mit einem Schnalzen, das früher jede Kuh von der Weide geholt hätte.

»Doch, bist du, und wenn ich eins mit Sicherheit weiß, dann dass du ihn schon seit zehn Jahren liebst. Mach dir nichts vor, Sex würde nicht dazu führen, dass man sich danach an die Gurgel geht, außer man steht auf sowas«, sinnierte sie und ich hätte am liebsten geheult, weil sie den Nagel auf den Kopf getroffen hatte.

»Ich liebe ihn seit dem Tag, an dem wir uns zum ersten Mal begegnet sind. Für ihn zu tanzen, war der größte Fehler überhaupt und hat uns vermutlich den Job gekostet«, mutmaßte ich und drehte mich auf die Seite, um ihr die Wahrheit zu sagen. »Er wird uns nicht anstellen.«

»Weißt du das oder vermutest du es nur?« Ihre Stimme klang jetzt alarmiert und ich zog die Schultern hoch, denn es war nur ein Bauchgefühl, das mich aber die letzten Jahre nicht im Stich gelassen hatte.

»Meine Tanzeinlage hat nur dazu geführt, dass er mit dem Schwanz anstatt mit irgendetwas anderem nachgedacht hat. Dean ist Geschäftsmann und seit Jahren davon besessen, ein Kaffeeimperium aufzubauen. Ich wette mit dir, dass er vorhat, aus dem Bühnenbereich eine Kaffeebar zu machen und obwohl sich das lächerlich anhört, wird er früher oder später damit Erfolg haben«, sagte ich traurig.

»Warum sollte jemand, statt heißen Girls beim Tanzen zuzusehen, lieber Kaffee trinken wollen?«

»Weil es der beste Kaffee der Welt ist«, erklärte ich ihr trocken und sie riss ihre Augen auf.

»Und das kannst du beurteilen, weil …?«

Ich legte mir die Hände aufs Gesicht. »Weil es der Hauptgrund war, warum ich mich in ihn verliebt habe«, nuschelte ich durch die Finger, doch da zog sie sie mir bereits wieder fort.

»Du hast dich in das schwarze Gold verliebt?«, japste sie erstaunt und ihre Augen wurden noch größer. Kein Wunder, denn ich hatte, seit wir uns kannten, so getan, als könnte ich das Zeug nicht ausstehen.

»Natürlich auch in ihn, du Kuh. Aber der Kaffee ist schuld, dass ich süchtig nach ihm wurde.« Ich erzählte ihr in knappen Worten, wie sehr mir seine Energie und Willensstärke imponiert hatten und wie er für seine Ideen brannte. Dass er eine Vision von einem eigenen Unternehmen hatte und sie schließlich auch umsetzte. Ganz im Gegensatz zu mir, denn ich warf damals alles über Bord und wurde pragmatisch.

»Jetzt bekomme ich langsam eine Ahnung davon, warum du ihn heiß findest«, meinte sie zustimmend und zuckte mit den Schultern. »George in seinem Anzug zu sehen, macht mich ganz wuschig«, gab sie zu und ich schalt mich eine schlechte Freundin, weil wir bis jetzt nur über mich und nicht über ihren Urlaub gesprochen hatten. Ich setzte mich aufrecht hin und verdrängte das drohende Unheil auf einen späteren Zeitpunkt.

»Jetzt ist genug Trübsal geblasen, erzähl mir von deiner Reise! Hat dir England gefallen und wie ist das Essen dort?« Das brachte Cassie dazu, sich ebenfalls aufzusetzen und auf dem Bett herum zu hüpfen, wobei ihr Pferdeschwanz hin und her peitschte und mir fast ins Gesicht schlug.

»Es war toll dort, wenn auch ein komplett anderer Lebensstil als in Amerika, beziehungsweise Vegas«, erklärte sie kichernd und ich konnte mir vorstellen, wie überwältigend dieser Urlaub für sie gewesen sein musste. Wir beide waren zuvor noch nie in Europa gewesen und ich wünschte, ich hätte sie begleiten können.

»Hast du dir auch irgendetwas angesehen oder seid ihr beide nur im Bett geblieben?«, hakte ich nach und wackelte mit den Augenbrauen. Tatsächlich wurde meine beste Freundin knallrot im Gesicht und ich war überrascht – und ein ganz klein bisschen neidisch auf ihr Glück. »Cassie, du versautes Stück. Der arme George kann bestimmt kaum noch geradeaus laufen, wenn du so über ihn hergefallen bist«, neckte ich sie spielerisch.

»Von wegen! Ich musste quasi meine Beine zusammentackern, um diesen potenten Mann von mir fernzuhalten. Wäre ich nicht so beharrlich gewesen, hätte ich tatsächlich nur sein Schlafzimmer zu Gesicht bekommen.« Ich konnte nicht anders, als ich in ihr verstörtes Gesicht sah und lachte schallend los. Höchstwahrscheinlich musste ich meine Meinung über den sonst so spießig wirkenden Engländer revidieren, denn Cassie war kein Kind von Traurigkeit, genau wie ich. Aber im Gegensatz zu mir war sie offen für eine Liebe. Ich hingegen hatte ein imaginäres Schild vor mir hergetragen, wo für alle männlichen Wesen: *Fuck, nie wieder*! draufstand.

»Du solltest ihn sofort heiraten, Cassie. Er passt perfekt zu dir«, erwiderte ich, sobald mein Lachflash vorbei war.

»Ich würde sofort ja sagen, wenn er mich fragen würde. Verrückt, nicht wahr? Sowas passiert doch nicht in der Realität.«

»Wenn es passt, dann weiß man das eben«, antwortete ich leise und wusste genau, was sie gerade empfand. Euphorie, Liebe, Geilheit. Ein Cocktail an Gefühlen, die einen dumme Dinge tun ließen. Doch ich würde sie immer unterstützen, egal, wie die Sache zwischen den beiden weiterging.

»Wollen wir nicht doch noch einmal über den Mann in deinem Bett reden?«

»Auf gar keinen Fall«, wiegelte ich entschlossen ab und fragte das erstbeste, das mir einfiel. »Hast du den Buckingham Palast gesehen und wart ihr dort, wo *Harry Potter* gedreht wurde?« Ich liebte diese Filme und sah sie mir jedes Jahr zu Weihnachten an. Egal ob im Bikini, weil es hier immer heiß war, oder Zuhause in Texas, Harry, Ron und Hermine waren Pflichtprogramm!

»Wir haben dank meines unwiderstehlichen Augenaufschlags und einem fantastischen Blowjob eine Stadtrundfahrt mit so einem roten Doppeldeckerbus gemacht. Ich könnte schwören, ich habe die Queen beim Vorbeifahren am Fenster des Palastes sitzen sehen«, erzählte sie aufgeregt und wir beide grinsten um die Wette. »Natürlich habe ich dir auch etwas mitgebracht. Allerdings liegt dein Geschenk noch in meinem Koffer.«

»Was ist es? Ein Zaubertrank, der Dean in einen ekligen Frosch verwandelt?«, fragte ich neugierig, denn ich liebte Mitbringsel und die Hoffnung auf ein Heilmittel war ja wohl erlaubt.

»Es ist wirklich etwas aus der Winkel Gasse, denn George war so lieb und hat sich bis auf einen Tag im Büro die restliche Zeit meinen Wünschen untergeordnet. Du wärst ausgerastet, wenn du dabei gewesen wärst.«

»Nun sag schon, was ist es?«

»Ein Original Zauberstab von *Mr. Ollivander*, ich habe mir auch einen mitgenommen!«, kreischte sie und wenn uns in diesem Augenblick jemand zugesehen hätte, wie wir zusammen vor Freude in die Hände klatschten, würde derjenige niemals auf die Idee kommen, dass wir für Geld strippten.

Danach erzählte sie ausführlich, was sie in England gemacht hatten und wen sie sonst noch geglaubt hatte gesehen zu haben. Die beiden schienen sich trotz ihrer anfänglichen Unterschiede wunderbar zu verstehen und ich spürte mit jeder weiteren Anekdote, wie sehr sie in ihn verschossen war.

»Die restliche Zeit hat er mir bewiesen, wie versaut Anzugträger mit dem Hang zur Spießigkeit sein können. Der Mann ist wirklich ein Tier im Bett«, endete sie nach einer Stunde und ich hatte auf einmal Angst, sie könnte mich und die Truppe verlassen. Seit so vielen Jahren teilten wir alles zusammen, lebten Seite an Seite und waren eine geschlossene Einheit. Sie zu verlieren, würde mir das Herz brechen, denn ohne sie hätte ich so manches Mal die Flinte ins Korn geworfen.

»Sag mal, Cassie, würdest du mit George nach England ziehen? Ich meine, er wird nicht auf Dauer hierbleiben können«, begann ich vorsichtig und spürte, wie mein Magen sich verkrampfte, während ich auf die Antwort wartete.

»Hm, wir haben noch nicht darüber gesprochen. Es ist ja alles noch so frisch und ich habe keinen Plan, wie das in Zukunft funktionieren soll. Er ist in London etabliert, hat eine eigene Kanzlei und seine Hütte dort lässt jedes Mädchenherz höher schlagen. Natürlich kann man an der Innendekoration noch einiges verbessern, aber …«

»Du musst nicht sofort eine Entscheidung treffen. Ich

möchte nur, dass du mir sagst, wenn du vorhast, zu gehen.« Ich sagte das so locker wie möglich, um ihr kein schlechtes Gewissen oder Schuldgefühle zu machen.

»Willst du mich loswerden?«, fragte sie beleidigt und ich sah zu, wie sie eine Schmolllippe zog. Ich lächelte gequält und stupste sie mit der Schulter an.

»Natürlich nicht, du bist meine beste Freundin. Aber ist es nicht normal, dass zwei frisch Verliebte so viel Zeit wie möglich miteinander verbringen möchten? Du weißt, dass irgendwann der Tag kommen wird und ehrlich gesagt, wird mir schlecht bei dem Gedanken, dich zu verlieren.« Sie schlang die Arme um mich und die Decke, die meine Nacktheit verbarg, und gab mir einen Kuss auf die Wange.

»So schnell werde ich nirgendwo hingehen und wenn, dann finden wir einen Weg, uns regelmäßig zu sehen. Für George würde ich tatsächlich wegziehen«, gab sie verlegen zu.

»Und das ist auch gut so, wir können nicht ewig als Singles durch die Gegend laufen und spätestens, wenn wir alt und grau sind, will uns keiner mehr strippen sehen«, antwortete ich grinsend.

»Wir werden auch mit achtzig noch scharf aussehen. Aber ganz im Ernst, Emily, wir werden uns niemals aus den Augen verlieren, versprochen!« Ich erwiderte ihre Umarmung, bis mein Magen auf einmal laut zu knurren anfing. Verdutzt schauten wir beide an mir hinunter und ich merkte erst jetzt, dass ich seit Tagen kaum etwas gegessen und keinen Hunger verspürt hatte.

Sie ließ mich los und zeigte auf mich. »Wütender Sex macht scheinbar hungrig. Lass uns was essen gehen, ich habe auch Kohldampf. Im Flieger gab es nur diese winzigen Portionen.«

»Ich bin wirklich am Verhungern, ob es an ihm und seinem Zauberschwanz liegt, werde ich weder bestätigen noch verneinen. Die Sache ist so dermaßen kompliziert, dass ich nicht weiß, wie der nächste Schritt aussehen soll.« Nachdenklich schwang ich mich aus dem Bett, zog mir Unterwäsche und ein Sommerkleid an, während sie eine SMS an George tippte. Cassie sah kurz hoch und nickte wissend. »Wir werden eine Lösung finden. George steht auch hinter uns. Dean muss einfach erkennen, dass wir besser als Kaffee sind.« Mir machte es nichts aus, mich vor ihr anzuziehen. Wir hatten uns schon etliche Male nackt gesehen, deswegen gab es keine falsche Scham zwischen uns. *So hatte Dean es wohl auch gesehen*, überlegte ich grimmig.

»Auf jeden Fall müssen wir allmählich einen zweiten Plan in petto haben. Am besten bewerben wir uns jetzt bei all den anderen Hotels, nur für den Fall, dass er uns wirklich absägt«, entgegnete ich entschlossen und wir verließen das Zimmer. Ich würde nach meiner Rückkehr sofort die Bettwäsche verbrennen, damit ich nicht Tag und Nacht am Kissen schnüffelte.

Statt den Fahrstuhl zu nehmen, der mich auch jedes Mal an Dean erinnerte, nahmen wir die Treppe. In der Lobby angekommen rannten wir fast in Kate hinein, die eine hitzige Diskussion mit Chip führte. Cassie beäugte Kates Bruder skeptisch, denn sie hatte genau wie ich einen ausgeprägten Beschützerinstinkt.

»Wer ist der Kerl bei Kate?«, fragte sie prompt und wir blieben in einiger Entfernung stehen, um im Notfall eingreifen zu können. Chip hatte die Arme vor der Brust verschränkt und sah damit aus wie ein muskelbepackter, zorniger Superheld. Dagegen wirkte Kate wie ein zartes Pflänzchen. Aber im Augenblick hatte sie die Krallen ausgefahren und stauchte ihren Bruder lautstark zusammen.

»Das ist Chip. Ihr ältester Bruder und er ist nicht wirklich begeistert davon, was Kate beruflich macht«, erklärte ich ihr und sah gebannt zu, wie unsere stille, kleine Maus zum wütenden Troll mutierte.

»Wow, er ist heiß, aber im Moment finde ich Peacock noch heißer«, raunte sie mir zu und ich lachte leise.

»So habe ich sie auch noch nie gesehen. Lassen wir die beiden allein. Wehe, er nimmt sie wieder mit nach Texas«, knurrte ich und die Sorge, dass mir alles entglitt, kam mit voller Wucht zurück.

»Du kennst ihn?«

»Das ist lange her, aber wenn du mir einen riesigen Burger und eine kalte Coke spendierst, erzähl ich dir alles«, meinte ich, während wir Richtung Restaurant gingen.

»So wie er aussieht, wird es keine langweilige Geschichte.« Wir beide schauten ein letztes Mal über unsere Schultern, bevor wir weiterliefen und ich gab ihr im Stillen Recht. Langweilig war die Vergangenheit nie gewesen, aber ich wünschte, sie wäre nicht voller Stolpersteine, die mich auch heute noch ins Straucheln brachten.

Dean

»Da bist du ja!«, empfing mich mein bester Freund, als er mich in der Lobby entdeckte. »Wo warst du? Ich habe dich mehrfach angerufen.«

»Ich war … beschäftigt.«

»Das ist nicht zu übersehen.« Sein anklagender Blick glitt an mir herab.

»Also, was gibt´s?« Meine Frage löste den ernsten Ausdruck von seinen Zügen und ersetzte ihn mit einem zufriedenen Lächeln.

»Wir sind soweit«, erklärte er und hob bedeutsam den Aktenkoffer hoch, den er dabeihatte. Ich runzelte fragend die Stirn.

»Soll heißen?«

»Dass ich den letzten Teil von Walkers Vertrag durchgegangen bin.« Als wir vor ein paar Tagen in seiner Londoner Kanzlei den Kaufvertrag durchgingen, hatte George noch ein paar Punkte, die er klären wollte.

»Du bist durch? Das ist großartig!«

»Ja. Und ich habe dafür gesorgt, dass der Deal so rasch wie möglich über die Bühne gebracht wird. Walker und sein Team erwarten uns übermorgen um neun Uhr.«

»Fantastisch! Das müssen wir feiern!«

»Feiern? Jetzt schon? Dir ist klar, dass das Ding erst in zwei Tagen, wenn Walker und du unterzeichnet habt, in trockenen Tüchern ist, oder?«

»Ja, das ist mir klar.« Mein Grinsen reichte von einem Ohr zum andern. Es war Jahre her, als ich das letzte Mal so gut drauf war. »Aber mir ist jetzt schon nach Feiern zumute! Weißt du was, ich zieh mir nur noch rasch was Anständiges an und dann können wir los.« Ich wollte schon in Richtung Lift, als er mich zurückhielt.

»Moment mal, immer langsam mit den jungen Pferden«,

dämpfte er meine Euphorie. »Bevor du den Laden hier übernimmst, gibt es da noch die ein oder andere Vertragsklausel, die wir vorher besprechen müssen. Wie zum Beispiel das mit den Angestellten. Du weißt, dass Walker darauf besteht, dass sie noch am Unterzeichnungstag über ihren Verbleib informiert werden?«

»Ach, der Typ soll sich mal entspannen und nicht so viel Wind um die Sache machen. Bis ich sein Baby am Jahresende tatsächlich übernehme, ziehen noch Monate ins Land. Genug Zeit für seine Schäfchen, sich umzusehen und was Neues zu suchen«, erklärte ich leichthin und legte ihm den Arm um die Schulter. »Okay, weißt du was, wir erledigen den Papierkram und im Anschluss ziehen wir los und feiern.« Der Ausdruck, der sich bei meinen Worten auf seine Miene stahl, verriet, dass er was anderes geplant hatte. »Wage es ja nicht, mich wegen Cassie hängen zu lassen«, warnte ich. »Du bist heute erst mit ihr aus dem Urlaub zurückgekommen. Da werden ja wohl ein paar Stunden mit deinem besten Freund drinnen sein.« Er verdrehte die Augen, ein Zeichen, dass ich ihn erwischt hatte.

»In Ordnung, wir feiern. ABER!«, fuhr er meinem: »Ja, das ist mein Mann!«, dazwischen. »Erst wird alles geschäftliche erledigt.« *Typisch George,* schmunzelte ich innerlich.

»Deal«, sagte ich und wir schlugen ein.

Wenn ich gewusst hätte, wie viel Zeit uns die Besprechung seiner *paar* Klauseln kosten würde, hätte ich den Scheiß auf morgen verschoben. Ich war so gut drauf, wollte einfach nur feiern. Doch statt um die Häuser zu ziehen, saßen wir bis nach acht auf seinem Zimmer und kauten Punkt für Punkt seiner Agenda durch.

Bis wir endlich aus dem Hotel kamen, war es halb neun, bis wir eine Bar gefunden hatten, die uns zusagte, neun. Es war ein kleines, irisches Pub, das recht versteckt lag.

Cassie hatte uns Karten für *V – Die ultimative Varieté-Show* organisiert. Doch mir war nicht nach einer Zirkusnummer oder sonst einem Kram. Ich wollte einfach nur einen drauf machen und dafür war das Pub goldrichtig.

Wir fanden Plätze an der Bar, wo wir uns je ein Guinness bestellten. Ein Stück Heimat im fernen Vegas, mit gut gelaunten Gästen und keltischer Musik.

»Also, wie war dein Urlaub mit Cassie?«, begann ich ein Gespräch und wandte mich George zu.

»Zu kurz«, antwortete er und nahm einen Schluck von seinem Bier.

»Lass mich raten, ihr habt die Tage in deinem Bett verbracht?«

»Größtenteils, ja.« Sein einseitiges Grinsen verriet, dass er einen unvergesslichen Urlaub hatte. Das wunderte mich nicht. Wenn ich überlegte, wie sich die Mädchen der Honey Lips auf der Bühne bewegten – wie sinnlich und selbstbewusst ihre Auftritte waren – dann war es keine Überraschung, dass sie gut im Bett waren.

»Am Donnerstag hat sie mich zu einer Sightseeingtour überredet.«

»Und, hat ihr England gefallen?«

»Ich denke schon. Bis auf den Linksverkehr. Der hat sie bis zum Schluss irritiert. Oh …« George lachte. »Und sie war sich sicher, an einem der Fenster des Buckingham Palasts die Queen gesehen zu haben.«

»Die Queen?« Das brachte auch mich zum Lachen. Das Oberhaupt der britischen Königsfamilie zu sehen war in etwa so wahrscheinlich, wie beim Spazierengehen über ein Bündel Bargeld zu stolpern.

George zuckte die Schultern. »Ich fand ihre Begeisterung süß und ließ sie in dem Glauben.« Gedankenverloren lächelnd, strich er mit den Daumen über sein beschlagenes Glas. Es war schön, ihn glücklich zu sehen. In den letzten

Jahren hatte er sich genauso wie ich in seiner Arbeit verloren. Wir mochten in manchen Dingen unterschiedlich ticken, doch in Punkto Erfolg waren wir beide verbissen. »Und wie lief es bei dir?«

»Gut soweit. Ich konnte in den letzten Tagen jede Menge Geschäftliches erledigen und die neue Filiale in Paris ist eine richtige Goldgrube.«

»Das freut mich.« Während ich einen Schluck Guinness nahm, sah er mich grübelnd an. »Und was ist mit den Honey Lips? Hast du entschieden, ob du die Mädchen behalten wirst?«

War klar, dass dieses Gespräch nicht lange auf sich warten lassen würde. Seufzend stellte ich das Glas ab. »Um ehrlich zu sein, habe ich noch keine Ahnung, was ich tun werde. Eine Stripshow und ein Luxushotel? Das passt einfach nicht zusammen.« Auf meine Aussage hin schwieg er einen Moment.

»Kann es sein, dass es weniger mit der Show, als vielmehr was mit Emily zu tun hat?«

»Was? Wie kommst du darauf?«

»Cassie meinte, du würdest sie von früher kennen. Stimmt das?« Verdammt. Dieses kleine Plappermaul. Meine Vergangenheit mit Emily war eine Sache, über die ich mit niemandem bisher gesprochen hatte. Nicht einmal mit George. Als ich sie damals verlassen hatte, ging es mir eine Weile lang richtig mies. Anfangs hatte ich überlegt, mich meinem besten Freund anzuvertrauen, in der Hoffnung, ich könnte mir den Kummer bei ihm abreden. Aber ich wusste, dass wenn ich ihren Namen in den Mund nehmen und über uns sprechen würde, es mir noch mehr zusetzen würde. Darum entschied ich, allein mit der Sache fertig zu werden.

»Kannst du dich an meinen Trip nach dem College erinnern?«

»Du meinst deine Amerikarundreise?«

»Genau.« Mit einer Rundreise hatte das damals nicht viel zu tun. Um genau zu sein, hatte ich die Schnauze voll von England und seinen elitären, staubtrockenen Kreisen und Ansichten. Ich wollte was von der Welt sehen, mich treiben lassen und spontan entscheiden, wo ich meine Lager aufschlug. »Ich habe Emily damals in einem kleinen Dorf in der Nähe von Austin kennengelernt und … naja, wir hatten was miteinander.« Das war die Untertreibung des Jahres. Sie hatte mir zu jener Zeit alles bedeutet. Ich wollte mir mit ihr eine gemeinsame Zukunft aufbauen … aber manchmal spielt das Leben eben nicht so, wie man will. Manchmal gilt es Entscheidungen zu treffen, die wichtiger sind als die eigenen Bedürfnisse.

»Sie hat dir einst was bedeutet und tut es heute noch«, begriff George, als ich nicht weitersprach. Er kannte mich gut, ihm konnte ich nichts vormachen. Nickend senkte er den Blick auf sein halbvolles Glas, an dessen Rand Schaum klebte. »Als ich Cassie kennenlernte, begriff ich rasch, dass diese Frau etwas Besonderes war«, erzählte er, ohne mich anzusehen. »Aber sie war so anders als ich. Ich wusste, dass ich mir keinen Gefallen tun würde, wenn ich mich auf sie einließe.« Er stieß den Atem durch die Nase aus und machte ein abfälliges Geräusch. »Du weißt, wie die Leute in England ticken. Noch dazu in der Anwaltsbranche. Da reicht es, mit einer Frau wie Cassie nur gesehen zu werden, um das Gespött der Leute zu werden.« Das stimmte. Ich liebte meine Heimat, aber die Leute da – oder sagen wir, jene, mit denen wir Kontakt hatten – waren schrecklich versnobt. In ihren Augen war es ganz bestimmt ein Fauxpas, sich auf eine Stripperin einzulassen. Dass George es dennoch getan hatte, war mutig, immerhin konnte ihn diese Verbindung so machen Kunden oder Geschäftspartner kosten. »Trotzdem«, fuhr mein Freund fort, »habe ich mich auf sie eingelassen. Mag sein, dass mich der ein oder andere Kollege jetzt in einem anderen Licht sieht. Aber weißt du was – das geht mir sonst wo vorbei. Ich liebe diese Frau. Mich für sie zu entscheiden, war die beste Entscheidung meines Lebens.« Er machte eine Pause, damit ich seine Worte sacken lassen konnte. »Im Leben«, sprach er nach einem Schluck weiter, »sollte man Prioritäten setzen. Cassie ist mir mehr wert als irgendwelche geschäftlichen Vorteile. Ich kann mich nur wiederholen: ich bin froh, mich für sie entschieden zu haben. Denn sie macht mich glücklich.« Jetzt hob er den Kopf und sah zu mir herüber. »Und was macht dich glücklich, Dean?«

Darüber brauchte ich nicht lange nachzudenken. Die Antwort war einfach. Emily. Wenn ich bei ihr war, hatte ich das Gefühl, Zuhause zu sein. Es war verrückt, aber in ihrer Gegenwart fühlte ich mich auf eine seltsame Weise vollständig. Sie war mein Gegenstück, der Mensch, den ich in meinen Leben wollte. Das war eine Tatsache, die mir in den vergangenen Tagen immer deutlicher bewusst wurde. Ich erinnerte mich an den Sex heute Vormittag, an diesen intimen Moment, als wir einfach nur dalagen und uns küssten.

»Ich habe Scheiße gebaut«, gestand ich gedrückt und zog mein Bier heran. »Ich habe Emily damals das Herz gebrochen und bin drauf und dran, es wieder zu tun.« Das stimmte. Schließlich hatte ich nach wie vor keine Idee, wie ich die Honey Lips in meinem Hotel unterbringen sollte. Mit einem glühenden Klumpen im Magen saß ich da und fühlte mich wie der letzte Mensch. George hob die Hand und legte sie mir mitfühlend auf die Schulter.

»Es ist nie zu spät, sich für etwas zu entschuldigen«, meinte er. Da war was dran, und Emily hatte eine richtige Entschuldigung verdient. Ich hatte viel zu lange damit gewartet. Mit einem Lächeln nickte ich. »Ach und solltest du noch immer Bedenken haben, die Honey Lips könnten nicht in dein feines Hotel passen, dann lass dir eines gesagt sein: Du bist hier nicht in London. Für den Fall, dass du es noch nicht bemerkt hast, in Vegas laufen die Dinge ein wenig anders als in Europa. Ich wette, hier lässt sich Luxus sehr wohl mit Vergnügen verbinden. Immerhin sind wir in der Stadt der Sünde. Was wäre da passender als ein Nobelhotel mit einer anspruchsvollen und sexy eleganten Tanzshow?« Ich überlegte einen langen Moment. Was George sagte, machte Sinn. Wenn es einen Ort auf dieser Welt gab, an dem sich solche Dinge vereinen ließen, dann ja wohl hier, in Las Vegas.

»Du bist ein guter Freund«, sagte ich, was ihn überrascht die Brauen heben ließ. Das war er in meinen Augen wirklich. Obwohl es ihm viel bedeutete, dass ich Cassie und ihre Freundinnen behielt, drängte er mich zu nichts. »Auf dich.« Ich hob mein Glas.

»Auf uns«, verbesserte er und stieß mit mir an. Wir leerten unsere Biere und ich bestellte uns zwei *Pimm´s on Ice*, unser Lieblings-Collegegetränk – ein englischer Kräuterlikör mit Eiswürfeln. Normalerweise trank man den Pimm´s No. 1 als Cocktail mit frischen Früchten und Kräutern. Wir jedoch liebten ihn pur auf Eis.

»Hast du schon realisiert, dass du bald dein eigenes Hotel besitzen wirst?«, wollte George wissen.

»Nicht wirklich. Aber ich freue mich darauf. Wenn ich mir nur vorstelle, dass es meinen Delicious-Coffee bald auch in Amerika geben wird … das ist ein Traum.« Im Geiste konnte ich mein umgebautes Hotel bereits vor mir sehen. Die neue Lobby mit der gewaltigen Glaskuppel, die feinen Marmorböden und natürlich das Herzstück, das Café inmitten des Casinos. Der Ort, an dem ich den Menschen hier zeigen würde, was wirklich guter Kaffee war.

»Hast du denn schon einen Namen für das Hotel?«, holte George mich aus meinen Fantasien.

»Ich schwanke zwischen *Golden Resort* und *Delicious Paradise.*«

»Delicious Paradise finde ich gut.«

»Dann sei es so«, entschied ich und hob feierlich meinen Pimm´s.

»Auf das Delicious Paradise«, erwiderte mein Freund und stieß mit mir an.

»Auf das Delicious Paradise.« Je öfter ich den Namen laut aussprach oder ihn hörte, desto mehr fand ich, dass er wirklich perfekt passte.

George und ich stießen an diesem Abend noch viele Male an. Wir hatten eine gute und sehr flüssige Zeit.

Als wir uns gegen ein Uhr nachts auf den Rückweg zum Liberty machten, hatten wir beide einen in der Krone. Ich hatte keine Ahnung, wie viel ich intus hatte, aber es musste eine Menge sein, wenn mir selbst das geradeaus laufen schwerfiel. Das würde einen fiesen Kater geben, aber das war okay. Diesen Abend hatte ich gebraucht.

Zurück im Hotel klingelte Georges Telefon.

»Hey, mein Liebling«, ging er nuschelnd ran, während wir die Lobby betraten. »Was? Nein, nicht einschlafen, ich bin schon auf dem Weg zu dir.« Er legte einen Zahn zu und stolperte dabei um ein Haar über die eigenen Füße. Ich lachte, weil er genauso rabendicht war, wie ich. »In weniger als einer Minute bin ich bei dir und dann …« Der Rest ging in einem unverständlichen Gemurmel unter, auf das ein schmutziges Kichern folgte. Ich rollte mit den Augen und drückte den Rufknopf des Fahrstuhls. »Okay, dann bis gleich. Leg auf … nein, du legst auf … nein, du legst auf.« *Echt jetzt?* Ich drückte nochmal den Knopf. *Komm schon, Lift*, beschwor ich ihn im Geiste. George kicherte neben mir. »Nein, du legst auf … Hallo, Cassie?«

Er nahm das Handy vom Ohr und warf blinzelnd einen Blick aufs Display. »Aufgelegt«, sagte er ungläubig. Endlich erklang das »Ping« und die Fahrstuhltüren glitten auf.

»Rein mit dir, Casanova. Du willst doch deine Angebetete nicht warten lassen.« Auf meine Worte hin breitete sich ein dümmliches Grinsen auf seinen Lippen aus und er torkelte in die Kabine. Georges Zimmer lag direkt neben meinem. *Wenn er und Cassie es heute Nacht krachen lassen, werde ich sie hören,* überlegte ich unbehaglich. Im nächsten Moment stahl sich auch auf meine Lippen ein Grinsen. Aber ich würde sie nicht hören, wenn ich nicht auf meinem Zimmer wäre. Sollten die zwei sich ruhig austoben, ich hatte da ohnehin noch eine Sache, die es zu erledigen galt. Mit dem Zugleiten der Fahrstuhltüren drückte ich erst den Knopf für die Siebte und damit Georges Etage und dann den für die Vierte.

»Was machst du denn da?«, nuschelte mein Freund, der hinter mir in der Ecke lümmelte, als der Aufzug im vierten Stock stehen blieb. »Was soll denn das? Wir müssen in den Siebten, den Siebten.« Zur Verdeutlichung hielt er die entsprechende Anzahl von Fingern hoch, die vor meinem betrunkenen Auge verschwammen.

»Muss noch was erledigen«, erklärte ich und stieg aus. Er machte ein verwirrtes Gesicht. Kurz bevor die Türen sich schlossen, glättete sich seine in Falten gelegte Stirn und er grinste.

»Dann viel Spaß und vergeig es nicht schon wieder.«

»Jaja, du mich auch«, brummte ich, machte eine wegwerfende Handbewegung und stolperte auf Emilys Zimmer zu. Beim Anklopfen hielt ich mich am Rahmen fest. Erst dachte ich, sie würde schon schlafen. Doch dann wurde die Tür geöffnet.

»Dean?«, begrüßte sie mich überrascht.

»Wir müssen reden«, lallte ich und musterte sie von oben bis unten. Sie trug eine dieser superheißen Hot Pants, die ihre langen Beine betonte und ein Spaghettiträger-Top, unter dem sich ihre wundervollen Brüste abzeichneten.

»Bist du betrunken?« Das klang wie ein Vorwurf. Mist.

»Was, betrunken? Ich? Niemals!« Ich hob die Hände, als wäre ich unschuldig, was ein Fehler war, denn da mir nun der Halt des Türstocks fehlte, stolperte ich ihr buchstäblich in die Arme.

»Hey!« Erschrocken stützte ich mich ab. »Und wie du betrunken bist!«, schimpfte sie.

»Na gut, ich hatte vielleicht ein zwei Pimm´s on Ice. Aber das war alles.«

»Wer´s glaubt.« Emily schien einen Augenblick zu überlegen. »Ach verdammt, was solls, komm rein.« Sie führte mich zu ihrem Bett, wo ich mich unbeholfen auf die Matratze setzte.

»Ich weiß gar nicht, welche von euch zwei hübscher ist«, brabbelte ich in meinem Suff und kniff ein Auge zu, damit aus der doppelten Emily wieder eine einzelne wurde.

»Oh Mann«, stöhnte sie. »Bleib hier sitzen, ich hol dir erst mal ein Wasser.«

»Wasser … ja, Wasser ist gut.« Ich warf einen Blick auf das Bett. Das Kopfkissen sah verflucht einladend aus. Meine Augen brannten. Vielleicht sollte ich mich einen Moment hinlegen und sie schließen. Ja, das war eine gute Idee. »Nur einen Moment …«, murmelte ich in mich hinein und machte es mir gemütlich.

Emily

Aufgewühlt und völlig von der Rolle lag ich neben Dean. Neben dem Mann, den ich mit aller Macht vergessen wollte, aber der mich nicht ließ, weil er es irgendwie immer wieder schaffte, präsent zu sein.

Nachdem ich ihm eine Flasche Wasser aus dem Kühlschrank in der Ecke geholt und mich zu ihm umgedreht hatte, lag er bereits schlafend auf meinem Bett. Erst wollte ich ihm das Wasser ins Gesicht kippen, entschied mich aber um, denn ich hatte von meinem Zickendasein langsam genug. Dean war total betrunken, ein Zustand, den ich kaum von ihm kannte, denn er verlor nicht gern die Kontrolle. Natürlich hatte ich erstmal überprüft, ob er noch atmete und ihm dann die Schuhe und Socken ausgezogen. Er lag bewegungslos da, und wäre ich wieder achtzehn Jahre alt gewesen, hätte ich ihm mit Edding ein Mickey Mouse Gesicht gezeichnet. So blieb ich jedoch artig und verhielt mich erwachsen.

Ich zog ihn bis auf die enge Boxershorts komplett aus, damit sein Anzug beim Schlafen nicht zerknitterte. Okay, ich gab es zu, mit den Knitterfalten hatte das nichts zu tun, ich wollte ihn einfach nackt sehen. Darum ließ ich mir ein wenig mehr Zeit als angebracht und schob ihn im Anschluss in eine bequeme Position und deckte ihn zu.

Jetzt schienen die ersten Sonnenstrahlen ins Zimmer und ich hatte höchstens zwei Stunden geschlafen. Die meiste Zeit war ich panikartig aufgewacht und hatte mich vergewissert, dass er noch neben mir lag. Was total bescheuert war, denn sobald er aufwachen und erkennen würde, wo er sich befand, würde er vermutlich wieder den Geschäftsmann heraushängen lassen und abhauen. Mir weiterhin vorzumachen, dass es mir ausschließlich um den Vertrag ging, hatte ich nach dem gestrigen Tag aufgegeben. Mit Cassie zu reden hatte mir gutgetan und führte mir vor Augen, dass die Gefühle da waren, ob sie nun erwidert wurden oder nicht.

Dean drehte sich auf den Rücken, legte den Arm übers Gesicht und atmete leise.

Wie ein kleiner Stalker schaute ich ihn mir genauer an und stützte mich auf den Ellenbogen. Wo er früher noch jungenhaft und ein bisschen schlaksig aussah, lag heute ein erwachsener Mann in meinem Bett. Seine Kinnpartie war ausgeprägter, genau wie die Muskeln an Armen und Bauch. Ein dunkler Haarstreifen signalisierte eindeutig das Ziel meiner schlaflosen Nächte und ich biss mir auf die Lippe. Selbst im Schlaf machte der Kerl mich mehr an als sonst jemand.

Ganz vorsichtig strich ich mit den Fingerspitzen über sein Bein, das über der Decke lag und quasi dazu einlud, es anzufassen. Eigentlich schrie sein ganzer Körper nach *Leck mich ab*. Ich konnte mich gerade so zurückhalten. Aber gucken durfte man ja, schließlich kannten wir uns und Sex hatten wir ebenfalls. Nur dass ich mir beim letzten Mal keine Zeit genommen hatte, ihn richtig zu betrachten. Das holte ich jetzt nach.

Er hatte ein paar kleine Narben auf der Brust und am Kinn. Die waren damals noch nicht da gewesen. Doch gerade diese kleinen Makel verliehen ihm etwas unwiderstehliches. Sie machten mich neugierig, was wohl passiert sein mochte und ich war traurig, nicht dabei gewesen zu sein, um ihn zu trösten. So viele Erinnerungen, die er ohne mich gemacht hatte. So viele Momente, die ich gern mit ihm geteilt hätte.

Seufzend strich ich seinen Kiefer entlang und wünschte mir, die Dinge würden anders liegen.

»Du beobachtest mich«, murmelte er schläfrig, was mich meine Hand sofort zurückziehen ließ. Doch aus dem

Nichts packte er meinen Arm und legte meine Hand auf sein Herz.

»Es gehört sich nicht, eine Frau so zu erschrecken«, schalt ich ihn peinlich berührt, dass er scheinbar mitbekommen hatte, wie ich ihn freimütig anfasste, als würde er mir gehören.

»Es gehört sich auch nicht, einen schlafenden Mann anzufassen und ihn auch noch auszuziehen«, entgegnete er trocken und nahm den Arm herunter, um mich anzusehen. Ich grummelte ertappt vor mich hin, doch seine Hand lag weiterhin auf meiner und verhinderte meinen Rückzug. »Wir müssen reden«, wiederholte er seine Worte von gestern Abend.

Ausnahmsweise war ich einer Meinung mit ihm, doch ich hatte gleichzeitig Angst, dass er mir und den Mädchen eine Absage erteilen würde. »Du hast recht, wir sollten reden.« Ich hatte für heute zwar einiges geplant, aber ich würde mir den Tag für ihn freischaufeln.

Dean schob seinen Oberkörper weiter nach oben, bis er an der Kopfseite des Bettes lehnte und zog mich zu sich. Dann legte er den Arm um mich und ich lag mit dem Kopf auf seiner Brust. Ich hörte sein Herz kräftig und stark unter mir schlagen. Und dann tat er eine Sache, die er früher immer getan hatte. Er küsste mich auf den Scheitel. So sanft und so vertraut, dass ich die Augen zusammenpresste. Sein Arm versteifte sich kurz, als wäre ihm ebenso bewusst geworden, wie sich die Vergangenheit plötzlich wiederholte.

»Gib mir diesen einen Tag, Em, bitte! Wir brauchen einen Schnitt, eine Aufklärung der Dinge, die ich damals zu feige war, auszusprechen.«

Ängste und Unsicherheit schoben sich an die Oberfläche, dennoch öffnete ich die Augen und musterte ihn misstrauisch. »Du wirst mir erzählen, warum du mich verlassen hast?«, fragte ich ihn geradeheraus, denn für Spielchen fehlte mir die Zeit. Ein weiterer Kuss auf meinem Haar, dann antwortete er mit so viel Ernst in der Stimme, dass ich erschrak.

»Ich werde nicht weglaufen und ich werde mich jeder deiner Fragen stellen«, fing er an und legte seinen Zeigefinger unter mein Kinn. So war ich gezwungen, die Ehrlichkeit in seinen Augen zu erkennen. »Nur diesen einen Tag. Ich werde dich überzeugen, mir erneut zu vertrauen.«

»Du pokerst ziemlich hoch, Dean. Sicher, dass du keiner dieser Profispieler bist?«

»Ich meine es absolut ernst.«

»Abgemacht«, sagte ich vorsichtig und entzog mich seinem Griff. »Wir werden sehen, was der Tag bringt. Aber sei dir nicht zu sicher, die Emily von früher wäre von deinem Vorschlag vor Glück in Ohnmacht gefallen. Die Emily von heute ist schwerer zu beeindrucken.« Ich stand auf und lehnte mich in sicherer Entfernung an die Kommode. Dean nickte, stieg aus dem Bett und hielt sich die Stirn.

»Verdammt, ich bin es nicht gewohnt, zu trinken. Ich will gar nicht wissen, wie es George heute geht«, überlegte er laut, während er seine Sachen anzog.

»Der wird sich von Cassie pflegen lassen«, gab ich schmunzelnd zurück.

»Wie stehen die Chancen, dass ich ebenfalls in den Genuss einer privaten Pflege von dir komme?« Er kam zu mir herüber und legte die Hände zu beiden Seiten meiner Hüfte auf die Kommode, sodass ich ihm plötzlich ziemliche nahe war. Ich legte den Kopf schief und tat, als müsste ich gut darüber nachdenken.

»Im Moment bei null, aber du hast ja Zeit, mich vom Gegenteil zu überzeugen.« Ich grinste ihn fröhlich an und er lachte leise. Dann küsste er mich plötzlich einfach so auf den Mund und ging anschließend zur Tür. Unbewusst hob ich die Hand an meine Lippen und schaute ihm erstaunt nach.

»Gib mir eine halbe Stunde, um zu duschen, dann gehöre ich dir. Lauf nicht weg, ich hole dich hier ab.« Er schenkte mir ein sexy Augenzwinkern und schon war er verschwunden.

Meine Beine hatten die Konsistenz von Wackelpudding angenommen, denn auch wenn er heute reifer und ernster wirkte, seine Energie schwappte noch immer, wie damals, auf mich über und er ließ keinen Zweifel daran, dass er ein neues Ziel hatte. Mich!

Wie versprochen holte er mich pünktlich ab und ich wollte es vielleicht nicht zugeben, aber ich hatte bis zur letzten Minute nicht daran geglaubt. Aber jetzt mit ihm durch die Straßen von Vegas zu laufen, zeigte mir, dass ich mein Misstrauen überdenken sollte. In jeder Minute, die wir zusammen waren, hatte ich seine ungeteilte Aufmerksamkeit. Er machte mir Komplimente über mein Kleid, das ich vorher akribisch ausgesucht hatte. Es war sommerlich, verspielt und in meiner Lieblingsfarbe. Einem winzigen Teil in mir war bewusst, dass sie Deans Augenfarbe entsprach. Dieses leuchtende Grün begleitete mich damals nur kurz, blieb mir aber immer im Gedächtnis. Auch jetzt schaute er mich aus seinen intensiv grasgrünen Augen an, als wir unter dem Vordach eines Casinos standen und überlegten, was wir unternehmen könnten.

»Wie wäre es mit einem Fallschirmsprung? Oder wir schauen uns eine Show an?«, fragte ich ihn und grübelte, was ihm wohl gefallen könnte. Er sollte Spaß haben, Vegas lieben lernen und erkennen, wie die Menschen hier tickten. Es war wichtig, dass er begriff, warum eine Show wie unsere Sinn ergab und dass wir den Markt momentan dominierten. Ich musste ihn endgültig überzeugen uns zu behalten und das am besten schnell.

»Was hältst du davon, wenn wir uns ein Eis holen? Es ist schweineheiß hier und wir wollten uns doch unterhalten. Wenn wir von irgendwo runterspringen, wird das schwierig, denkst du nicht?«, wandte er ein und ich ließ die Schultern sinken.

»Ist das nicht zu profan für dich? Man munkelt, du liebst das Risiko und stehst auf Action?« Meine Vermutung führte dazu, dass er mich in die Arme zog und sanft meine Wange streichelte. Das löste so viele Dinge in mir aus, dass mein Puls zu rasen anfing.

»Du musst dich schleunigst entspannen. Hör zu, wir machen jetzt so eine Art Zeitreise. Lass uns einfach so tun, als wären wir wieder wir. Du weißt schon, so wie damals.«

Ich runzelte die Stirn und wusste nicht, was ich davon halten sollte. »Einfach so?«

»Ja, Em, einfach so. Wir gehen Eis essen, danach könnten wir uns ein Auto schnappen und drauflosfahren«, meinte er liebevoll und mein restlicher Widerstand schmolz dahin. Darum legte ich vorsichtig meine Hände auf seine Brust und lächelte zaghaft.

»Einverstanden, aber wir brauchen einen coolen Wagen, um durch die Wüste zu cruisen«, neckte ich ihn und ließ mich dazu hinreißen, seine Narbe am Kinn zu küssen. Er atmete hörbar aus und hielt ganz still. Als würde er mich nicht erschrecken wollen. Nachdem ich mich ein Stück entfernte, blickte er auf mich hinab und lächelte.

»Ich war so frei und habe uns einen Wagen reservieren lassen«, gestand er und ich hätte wissen müssen, dass er ohne Planung einfach nicht konnte. »Aber bevor du was sagst, ich würde zu jedem deiner Vorschläge ja sagen, doch heute geht es um uns.«

»Dann folge mir zum leckersten Eiscafé der Stadt. Dort gibt es das beste Eis der Welt!«, entgegnete ich in lockerem Ton, obwohl den Schmetterlingen in meinem Bauch vom Pirouetten drehen schon schwindlig wurde. Ich nahm seine Hand und zog ihn mit mir mit. Eigentlich wollte ich ihn gleich wieder loslassen, doch aus irgendeinem Grund taten wir es nicht. So gingen wir Hand in Hand durch die Stadt und ich betete inständig, dass ich nicht wieder den Kürzeren ziehen würde.

»Wieso ausgerechnet Las Vegas und wie bist du zu den Honey Lips gekommen?« fragte Dean mich, als wir nach zwei Stunden irgendwo im Nirgendwo anhielten, um Pause zu machen. Er hatte für uns einen dunkelroten Bel Air mit offenem Verdeck aus den fünfziger Jahren besorgt. Neben ihm in diesem Wagen zu sitzen, dabei zuzusehen, wie seine muskulösen Unterarme in Bewegung waren, während er das Auto lenkte, war wie ein Porno für Frauen. Es gab nichts Heißeres als einen selbstbewussten Mann hinter dem Steuer eines alten Chevrolets und ich war froh, dass mich der Wind während der Fahrt abkühlte. Gott sei Dank hatten wir Getränke mitgenommen und bevor ich seine Frage beantwortete, nahm ich einen kräftigen Schluck aus der Wasserflasche.

»Wir haben uns vor ein paar Jahren zusammengefunden, eine nach der anderen kam dazu und wir wurden eine Tanzgruppe. Cassie und ich waren uns einig, was die Männer können, können wir schon lange. Zusammen haben wir Choreografien entwickelt, ein Konzept erstellt und Tag und Nacht geprobt. Dann haben wir all unseren Mut zusammengenommen, bei einer Castingshow mitgemacht und den ersten Platz belegt«, erzählte ich stolz, denn das war ich.

»Das hört sich toll an und ihr habt es weit gebracht, das muss ich zugeben. Es ist bestimmt nicht einfach, so viele

Frauen unter einen Hut zu bekommen. Ich habe mich umgehört, ihr seid wirklich außergewöhnlich. Nicht, dass ich je daran gezweifelt hätte«, meinte er hastig und gab mir damit zu verstehen, dass er unseren Job nicht unter seiner Würde fand. Das hätte mich auch gewundert, denn früher war er aufgeschlossen und jeder neuen Idee ziemlich zugängig. Deswegen wurmte es mich auch so, dass er nicht, wie gehofft, sofort den Vertrag unterschrieben hatte. Er legte seine Hand auf meinen Arm und fuhr sanfte Kreise darüber, als er weitersprach. »Obwohl ich ein wenig irritiert bin, warum du die Truppe managt und nicht selbst auf der Bühne stehst. Tanzen war dein Leben. Was ist passiert, als ich gegangen bin? Hast du den Platz an der Tanzschule nicht bekommen?« Ich wollte nicht über den Teil reden, der immer noch weh tat, doch mir blieb keine Wahl. Er musste wissen, was damals passiert war. Nur so hatten wir eine Chance, das Vergangene endlich abzuhaken.

»Du bist abgehauen und nichts ergab mehr einen Sinn«, antwortete ich schulterzuckend und mied seinen Blick. Stattdessen schaute ich auf die karge Landschaft hinaus und vermisste Texas auf einmal unheimlich. »Ich konnte nicht verstehen, warum du damals gegangen bist und die traurige Wahrheit ist, dass ich danach die Lust am Tanzen verlor. Ich verlor so ziemlich an allem den Spaß und es dauerte Monate, bis ich mich zusammenreißen und weitermachen konnte. Ich studierte Wirtschaft und plante rational, anstatt meinen Träumen weiter hinterherzulaufen!«

»Emily …!«

»Nein, du wolltest über die Vergangenheit reden, also tun wir das jetzt«, fiel ich ihm mit einem dicken Kloß im Hals ins Wort. Er versuchte, mein Gesicht zu sich zu drehen, doch ich schüttelte nur den Kopf und spürte, wie meine Wangen heiß wurden. »Es war so schwer ohne dich, verstehst du? Ich habe die ersten Tage gar nicht verstanden, was eigentlich los war! Andauernd habe ich versucht, dich auf deinem Handy zu erreichen, aber erst ging nur die Mailbox ran und dann war die Nummer plötzlich nicht mehr vergeben.« Unbändige Wut packte mich, sobald ich wieder an den Morgen danach dachte und ich bekam kaum noch Luft. Außer mir riss ich die Beifahrertür auf und sprang nach draußen. Ich lief ein paar Meter und hörte, wie er ebenfalls den Wagen verließ und hinter mir herkam.

Zornig drehte ich mich um und er blieb abrupt stehen. Seine Augen weiteten sich erschrocken, als er sah, dass ich weinte. »Du willst wissen, was geschehen ist?«, schrie ich außer mir und zitterte am ganzen Körper. »Ich habe eine Zusage bekommen! Für die Brent Street School in Australien! Aber wir wollten dort zusammen hinziehen, schon vergessen? Ohne dich wollte ich nichts von alldem. Im Gegensatz zu dir lief mein Leben nicht problemlos weiter, sondern war ein verdammter Scherbenhaufen. Du hast mich einfach weggeworfen und nicht zurückgesehen«, schluchzte ich und gab es auf, die Massen an Tränen wegzuwischen. »Wie konntest du das tun?«

Mit schnellen Schritten kam er zu mir gelaufen und riss mich in seine Arme. Anfangs wehrte ich mich noch, doch er ließ mich nicht los, bis ich den Widerstand aufgab und an seiner Brust lehnte. Meine Finger krallten sich ohne mein Zutun in sein Shirt. Ich vergoss Tränen über eine verlorene Zukunft, die ich schon längst hätte beerdigen sollen. Doch nun standen wir hier, zehn Jahre später und er hielt mich.

»Es tut mir so unendlich leid, Baby. Ich wusste schon, als ich den Zettel schrieb, dass ich einen Fehler machte, doch ich konnte nicht anders.« Auch er zitterte mittlerweile und sein Griff war so fest, dass ich am nächsten Tag blaue Flecke vorweisen könnte. »Wie kann ich jemals gutmachen, was ich dir angetan habe? Ich bin so ein verdammter Idiot«, fluchte er in mein Haar und ich beruhigte mich langsam wieder. Er packte mein Gesicht und überzog es mit unzähligen Küssen. Er küsste die Tränen fort, küsste mein Kinn und meinen Hals. Kuss um Kuss sorgte er dafür, dass meine Seele heilte, auch wenn wir noch längst nicht alles geklärt hatten.

»Erzähl mir, warum du fortgegangen bist«, forderte ich ihn auf und hoffte, tapfer genug zu sein, um die folgenden Worte durchzustehen. Ich wusste einiges aus der Presse, doch ich wollte es von ihm hören. Nein, ich *musste* es von ihm persönlich erfahren, damit ich versuchen konnte, seine Sicht der Dinge wenigstens ansatzweise zu verstehen.

Deans Blick ging mir durch und durch. Er sah mich an, als würde er nach dem Versprechen suchen, dass ich ihm verzieh. Aber so leicht würde ich es ihm nicht machen. Nachdem er begriff, dass er auspacken musste, seufzte er und küsste mich. Dieser Kuss war neu. Er war zärtlich wie früher, besitzergreifend wie heute und ich spürte ihn bis in die Zehenspitzen. Seine Zunge fuhr in meinen Mund, klaute die hungrigen Laute von meinen Lippen, bevor er mir sanft in die Unterlippe biss. Atemlos ließ er mich nur so lange los, bis wir schweigend zum Auto zurückgingen, dann setzte er sich auf den Rücksitz und zog mich auf seinen Schoß.

»Hast du Schiss, dass ich weglaufe?«, neckte ich ihn, um die Stimmung ein wenig aufzulockern.

»Und ob ich das habe! Meine Geschichte ist die eines Egoisten, und ich kann mir kaum vorstellen, dass sie dir gefallen wird. Aber damals dachte ich, das Richtige zu tun«, erwiderte er ohne ein Lächeln und sein Kiefer zuckte angespannt.

»Bringen wir es hinter uns, Dean.«

»An unserem letzten Abend, als du nochmal losgegangen

bist, um Eis zu holen, habe ich nichts anderes gewollt, als den Rest meines Lebens bei dir zu sein«, fing er an und suchte meinen Blick. »Mein Telefon ging und als ich abnahm, war ein alter Studienkollege von mir am anderen Ende. Er erzählte mir aufgeregt von einem Wahnsinnsdeal! Er hatte die Chance, eine bekannte, wenn auch in die Jahre gekommene, Kaffeeproduktionsfirma in England aufzukaufen. Der Preis war mehr als fair und er bot mir an, sein Teilhaber zu werden.« Seine Stimme bekam den gleichen Klang wie früher, wenn er über seine Zukunftspläne redete. Ich bekam Bauchschmerzen, weil ich begriff, dass er mich für ein Geschäft verlassen hatte. Trotzdem unterbrach ihn nicht, sondern ließ ihn weitererzählen. Er stockte kurz und rieb sich die Stirn. »Ich weiß selbst, dass ich mich wie der letzte Arsch anhöre, Em! Was soll ich sagen? Ich war völlig aus dem Häuschen und er bot mir eine einmalige Chance. Erst wollte ich mit dir reden, dich fragen, ob du mit nach England kommst, aber du wolltest so gern nach Australien und ich fühlte mich nicht imstande, dir diesen Traum kaputtzumachen. Darum entschied ich mich für die feige Version und schrieb diesen dummen Zettel.«

Ich schluckte mehrmals, damit ich nicht wieder anfing, zu weinen. »Ich wäre mit dir gekommen«, gestand ich ihm leise und er streichelte traurig meine Wange.

»Das wusste ich, aber dann hättest du Australien und deinen Traum, Tänzerin zu werden, platzen lassen und das wollte ich nicht. Ich wollte deinem Glück nicht im Wege stehen und war sicher, das Richtige zu tun. Jetzt weiß ich, dass es falsch und absolut egoistisch von mir war zu gehen, ohne deine Meinung zu hören. Im Flieger habe ich mich besoffen und wäre am liebsten sofort umgedreht. In England angekommen, hatte es sich mein Studienkollege dann anders überlegt, weshalb ich die Firma alleine aufzog. Aber das war mir ganz recht. Ich stürzte mich in das Projekt und versuchte, dich zu vergessen. Aber jede deiner Nachrichten brachte mich dazu, wieder zu dir zu wollen, deshalb wechselte ich den Anbieter und verbannte dich schweren Herzens aus meinem Leben.«

Stille entstand und wir hingen beide unserer Vergangenheit hinterher. Er konnte nicht ändern, was er damals getan hatte, aber ich glaubte ihm, dass es ihm leidtat.

»Sag etwas, Emily! Hätte ich gewusst, wie sehr ich dich verletzen würde, hätte ich mich anders entschieden«, sagte er hitzig, doch ich wusste, dass das nicht stimmte.

»Ich denke, du wärst auf jeden Fall gegangen. Vielleicht wolltest du mich nicht verletzen oder nicht dabeihaben, aber letztendlich hast du so gehandelt, wie ich dich kenne. Du bist immer auf der Suche nach dem perfekten Kaffee gewesen und hast ihn schließlich gefunden. Da war kein Platz für mich und langsam verstehe ich, dass wir keine Chance hatten.«

»Sag sowas nicht, ich habe dich geliebt und das weißt du. Ich war nur zu jung, um zu begreifen, was ich verlieren würde. Das wird mir kein zweites Mal passieren, wenn du mir verzeihst.« Er fasste mich an den Händen und küsste jeden einzelnen Finger.

Ein Lächeln zupfte an meinen Lippen und ich wollte nicht mehr wütend sein. »Es gibt immer noch ein Thema, über das wir reden müssen, bevor wir nach vorne schauen.«

»Du meinst den Vertrag?« Er grinste erleichtert und wackelte mit den Augenbrauen. »Heißt das, du verzeihst mir?«

»Kommt drauf an, ob du den Vertrag unterzeichnest«, gab ich frech zurück.

Er packte mich an den Hüften und ich spürte, wie er unter mir hart wurde. »Spürst du die Vorfreude?« Ich lachte laut los, wiegte meine Hüften hin und her, bis er gequält aufstöhnte.

»Erst der Vertrag, dann die Belohnung«, sagte ich und wurde dann wieder ernst. »Du musst mir sagen, ob wir uns nach etwas anderem umsehen sollen, Dean. Ansonsten stehen wir im schlimmsten Fall auf der Straße, weil wir so kurzfristig kein neues Arrangement mehr bekommen. Ich schwöre dir, ich nehme es nicht persönlich, aber ich muss wissen, wie es mit der Gruppe weitergeht!« Auch er wurde ernst und sein Gesicht machte deutlich, dass auch er in den Geschäftsmodus umgeschaltet hatte.

»Ihr bekommt den Vertrag oder denkst du im Ernst, ich lasse dich wieder gehen? Die ganze Zeit überlege ich schon, wie ich das Café plus einen neuen Eventsaal ins Hotel integrieren kann. Dein hübscher Arsch bleibt hier bei mir«, antwortete er dominant und meine Schmetterlinge wollten sich auf der Stelle in Ohnmacht stürzen.

»Wir haben den Vertrag?«, quietschte ich aufgeregt und schlang meine Arme um seinen Hals. »Die Mädels werden ausflippen! Oh, ich kann dir gar nicht sagen, wie viel mir das bedeutet, Dean. Danke!« Ich küsste ihn stürmisch und spürte ihn an meinem Mund lächeln. Als ich von ihm abließ, grinsten wir beide um die Wette.

»Ich möchte es ganz offiziell machen. Morgen unterschreibe ich den Vertrag mit Walker und am Abend führe ich dich schick zum Essen aus. Dann wird alles, was zwischen uns stand, Geschichte sein und wir können neu anfangen.« Morgen war Montag, was hieß, dass die Mädchen und ich unseren freien Tag hatten. Da passte ein Abendessen perfekt. Ich spürte Glück durch meine Adern rauschen und hatte das Gefühl, dass jetzt endlich alles gut werden würde.

»Heißt das, du bleibst hier in Vegas? Was ist, wenn dich das nächste tolle Projekt von hier wegführt? Meinst du, wir bekommen es genauso hin wie Cassie und George?«

Meine Fragen schienen ihn nicht zu beunruhigen, denn er lächelte mich zuversichtlich an, bevor er mich mit Schwung auf den Rücken drehte.

Dann legte er sich auf mich und strahlte mich an. »Ich werde dich überall mit hinnehmen. Wie, das werden wir schon noch aushandeln.« Er klang zuversichtlich und deswegen schob ich meine Zweifel beiseite.

Anstatt ihm zu antworten, küsste ich ihn lieber und machte mir für den Augenblick keine Gedanken um das Morgen. Was zählte, war das Jetzt und dass wir Vegas gemeinsam aufmischen würden.

Dean

Der Ausflug mit Emily hatte mich endgültig begreifen lassen, dass ich nie wieder ohne diese Frau leben wollte. Je mehr Zeit ich mit ihr verbrachte, desto heftiger kämpften sich jene Gefühle, die ich all die Zeit über verdrängt hatte, an die Oberfläche. Wir tauschten unsere Handynummern aus und genossen jede Minute der gemeinsamen Zeit.

Nach unserem kleinen Roadtrip in die Wüste samt Seelenstriptease brachte ich sie etwa eine Stunde vor Beginn der Honey Lips Show zurück ins Hotel.

»Also dann«, sagte ich, als wir Hand in Hand auf ihr Zimmer zuschlenderten. »Es war ein wundervoller Tag.«

»Was denn, du willst nicht mit reinkommen?« Sie blieb vor der Tür stehen und sah mich verwundert an.

»Nein.« Ich griff nach ihrer zweiten Hand und blickte in ihre wundervollen Mandelaugen. Wenn ich sie auf ihr Zimmer begleiten würde, würde unwillkürlich eines zum anderen führen. Doch ich hatte nicht vor, mit ihr zu schlafen – nicht heute. Sie sollte verstehen, dass es mir ernst mit ihr war und es hier nicht nur um Sex ging.

»Schade.« Der Augenaufschlag, mit dem sie mich bedachte, machte meine Entscheidung nicht gerade leichter.

»Morgen Abend«, sagte ich, hob ihre rechte Hand und tupfte einen Kuss auf den Handrücken. »Wir treffen uns um acht Uhr bei mir. Siebter Stock, Zimmer siebenhundertneun. «

Mit einem Lächeln auf den Lippen nickte sie. »Ich werde da sein.«

Den restlichen Abend verbrachte ich auf meinem Zimmer, wo ich versuchte, mich auf den großen Tag, der vor mir lag, vorzubereiten. Es fiel mir schwer, mich zu konzentrieren. Immer wieder wanderten meine Gedanken zu Emily.

Gegen halb zehn rief George an. Dem armen Kerl ging es immer noch schlecht. Er hatte die halbe Nacht über der Kloschüssel gehangen und den heutigen Tag im Bett verbracht. Trotzdem beklagte er sich nicht, immerhin hatte Cassie sich liebevoll um ihn gekümmert. Wir vereinbarten, uns am nächsten Vormittag, um viertel vor neun zu treffen. Dann ging ich zu Bett und träumte von damals und meinem ersten Mal mit Emily. Es war ein schwülheißer Sommerabend, wir lagen im Heustock. Draußen zirpten die Grillen und in der Ferne bellte ein Hund, während ich zwischen Emilys lange, seidig glatte Beine glitt. Der Sex war genauso wie damals, verflucht heiß, und bescherte mir einen feuchten Traum.

Als ich am Morgen aufwachte, meinte ich noch immer den würzigen Duft von Heu in der Nase zu haben. Er verstärkte das Gefühl des Verliebtseins, das sich seit gestern immer unaufhaltsamer in mir ausbreitete. Ich fühlte mich wie ein Teenager, konnte es nicht erwarten, Emily heute Abend wieder zu sehen.

Jetzt galt es jedoch einen klaren Kopf zu bekommen, denn vor mir lag einer der wichtigsten Termine meines Lebens. Deswegen duschte ich kalt und stieg in meinen besten Anzug. Pünktlich wie ein Schweizer Uhrwerk klopfte George um viertel vor neun an meine Tür.

In den kommenden Stunden riss ich mich zusammen und konzentrierte mich auf Walker und unseren Deal. Es dauerte eine schiere Ewigkeit, bis die Anwälte alle Punkte durchgegangen waren. Und dann war es endlich soweit. Es war kaum zu glauben, aber hier und jetzt erfüllte sich ein lange gehegter Traum. Mein Herz raste, als die Spitze meines Kugelschreibers über das Papier glitt.

Das war´s, das Liberty gehörte mir!

Nun hatte mein Delicious-Coffee die Chance, auf dem amerikanischen Markt Fuß zu fassen. Diesen Erfolg, nahm ich mir vor, würde ich später noch ausgiebig mit Emily feiern!

»Herzlichen Glückwunsch.« Walker hielt mir seine breite Hand hin, die ich ergriff und schüttelte. Auf seinen Zügen zeichnete sich ein trauriger und gleichzeitig erleichterter Ausdruck ab.

»Vielen Dank, Sir.« Irgendwie tat mir der alte Mann leid. Auch wenn er sich nun endlich zur Ruhe setzen und seinen Lebensabend genießen konnte, so musste er sich doch von seinem Baby, seinem Lebenswerk, trennen. Das war ganz bestimmt kein leichter Schritt für ihn. Ich bemerkte, wie er sich wehmütig umschaute. »Ich weiß, dass Sie hier weg und mit Ihrer Familie raus aufs Land ziehen wollen«, sagte ich, woraufhin er mich ansah. »Aber sollten Sie jemals Heimweh bekommen, die Türen des Delicious Paradise werden immer für Sie offen stehen.« Walkers Schnurrbart sträubte sich, als er darunter lächelte.

»Sie sind schwer in Ordnung, McDougal«, meinte er und legte mir kameradschaftlich eine Hand auf die Schulter. »Fürs Erste will ich hier nur noch weg. Aber wer weiß, vielleicht komme ich eines Tages auf Ihr Angebot zurück.«

Ich lächelte. »Gerne. Jederzeit.«

Wir standen noch eine gefühlte Ewigkeit im Besprechungsraum zusammen und unterhielten uns über das Haus am See, das sich Walker gekauft hatte. Mit Jahresende – und der endgültigen Übergabe – wollte er sich mit seiner Frau dorthin zurückziehen.

Bis unsere Gruppe sich endlich auflöste, war es halb acht. In genau dreißig Minuten war ich mit Emily verabredet! Ich verabschiedete mich von George, der sich hinlegen wollte und beeilte mich, auf mein Zimmer zu kommen. Dort angekommen holte ich mir frische Klamotten aus dem Schrank und wollte eben ins Bad, als ich mein Handy, das auf dem Nachttischkasten lag, blinken sah. Aus einem

Impuls heraus griff ich danach und entdeckte neun verpasste Anrufe. Vier von meiner Delicious-Coffee Filiale in Paris, zwei von einer mir unbekannten ausländischen Nummer und drei von Martha. Ihr letzter Anruf war um fünf Uhr eingegangen. Folglich hatte sie um ein Uhr nachts – Londoner Zeit – das letzte Mal angerufen. Verdammt, das gefiel mir gar nicht. Das roch geradezu nach Ärger. Mein Bauch rumorte nervös, als ich sie zurückrief. Es klingelte drei Mal, ehe meine Sekretärin abhob.

»Hallo?«, murmelte sie verschlafen.

»Martha? …« Weiter kam ich nicht, denn kaum hatte sie begriffen, wer da am Telefon war, war sie hellwach.

»Oh, Mr. McDougal, endlich rufen Sie zurück!«

»Was ist denn los?« Die Aufregung in ihrer Stimme gefiel mir gar nicht. »Ist etwas passiert?«

»Ja! Ihre Filiale in Paris …«

»Was ist damit?«

»Es gab ein Feuer.«

»Ein Feuer?«, wiederholte ich und warf die Klamotten, die ich auf dem Arm hielt, auf das Bett.

»Ja, Sir. Im Mitarbeiter-Pausenraum. Es hat sehr schnell um sich gegriffen. Sir, das Café musste evakuiert werden.« Verfluchte Scheiße! Das durfte ja wohl nicht wahr sein! Während ich hier in Vegas den Vertrag unterzeichnet hatte, fackelte drüben in Paris meine jüngste Filiale ab!

»Wie konnte das passieren? Und wo war Dupont?«

»Die Brandursache steht noch nicht fest und der Filialleiter hatte frei.«

»Frei?!«, donnerte ich und war sicher, dass Martha am anderen Ende der Leitung zusammenzuckte.

»Ja, Sir.«

»Okay, das reicht. Ich werde heute noch nach Paris fliegen und mir vor Ort ein Bild machen.«

»In Ordnung. Soll ich morgen früh in der Filiale anrufen

und Sie ankündigen?«

»Auf keinen Fall!«, gab ich angestrengt zurück, in meiner Stimme knisterte Wut. Ich kochte innerlich. Wenn ich dahinterkam, dass Dupont die Angestellten im Pausenraum hatte rauchen lassen, obwohl ich es ihm untersagt hatte, dann Gnade ihm Gott. »Legen Sie sich wieder hin und schlafen Sie weiter. Ab hier übernehme ich.« Damit beendete ich das Gespräch, steckte Pass, Geldbörse und Handy ein und machte mich auf den Weg zum Flughafen. Ich würde die erste Maschine nehmen, die ich bekam. Noch im Taxi kam mir Emily in den Sinn. Weil ich immer noch außer mir vor Wut war, schrieb ich ihr lediglich eine knappe WhatsApp.

Essen fällt aus.

Am McCarren Airport angekommen, durchquerte ich mit großen Schritten die Eingangshalle und steuerte direkt auf den Ticketschalter zu. Dieser elende Dupont, ich war sicher, dass das Ganze seine Schuld war. Warum musste ich ausgerechnet diese Null als Filialleiter einstellen? Na warte, wenn ich erst in Paris war, würde ich andere Saiten aufziehen. Es konnte ja wohl nicht angehen, dass ich mich mit solch unfähigem Personal herumschlug! Wenigstens hatte ich hier am Flughafen mehr Glück, denn die Schlange vor dem Schalter war kurz. Nur zwei Leute, ein großer Kerl mit Bart und eine junge Frau, waren vor mir dran. Ich reihte mich hinter ihnen ein und zwang mich durchzuatmen. Nachdem ich mich ein wenig beruhigt hatte, holte ich mein Handy hervor und warf einen Blick auf das Display. Es war sechs Minuten vor acht. Prompt kam mir Emily und unsere Verabredung in den Sinn. Ob sie meine Nachricht gelesen hatte? Wenn nicht, dann würde sie gleich umsonst an meine Zimmertür klopfen. Ich öffnete die WhatsApp, hoffte die beiden Häkchen unter meiner Nachricht würden blau sein – das Zeichen, dass sie

sie gelesen hatte. Zu meinem Ärger waren sie grau. Entweder hatte sie die Option aktiv, dass die Lesebestätigung verborgen wurde, oder aber sie hatte sie tatsächlich noch nicht gesehen. Verdammt! Das passte zu meinem beschissenen Abend. Ich las noch einmal, was ich ihr geschrieben hatte. *Essen fällt aus.* Drei simple Worte. Kein *Hallo*, kein *alles Liebe*, kein *ich melde mich* oder *mach dir keine Sorgen,* nur ein kaltschnäuziges: *Essen fällt aus*. Das war typisch für mich. Wenn es in der Firma einen Notfall gab, ließ ich alles andere stehen und liegen … selbst wenn es etwas so wichtiges wie Emily war. Mir diese Tatsache einzugestehen war schmerzhafter, als ich erwartet hatte. Ich war ein Drecksack. Ein erfolgsorientiertes, herzloses Arschloch! Wie konnte ich ihr das nur antun? Noch dazu, wo ich versprochen hatte, nie wieder denselben Fehler zu machen. Und doch hatte ich es getan, hatte sie wegen einer im Grunde unbedeutenden Sache sitzen lassen. Selbst wenn die Filiale bis auf die Grundmauern abgebrannt wäre, hätte ich sie wiederaufbauen und neu eröffnen können. Aber Emily? Sie war nichts, das ich ersetzen konnte. Nein, im Gegenteil, sie war wertvoller als alles andere auf der Welt. Sie war die Frau, die ich für immer an meiner Seite wissen wollte und dennoch behandelte ich sie wie einen Gegenstand, den ich beliebig hin und her schieben und ersetzen konnte. Scham brannte in meinen Wangen und erfüllte meine Brust mit Schmerz.

»Sir?«, vernahm ich eine freundliche Frauenstimme. »Sir, Sie sind der Nächste.« Ich hob den Kopf und sah, dass die junge Frau und der Bärtige verschwunden waren und die Dame am Schalter mich anlächelte. »Wie kann ich Ihnen helfen?« Ich sah wieder an mir herab und auf mein Handy.

»Gar nicht«, antwortete ich ihr mit einem Gefühl, als würde mir jemand einen zentnerschweren Rucksack aufladen. »Mir kann niemand helfen.« Das stimmte, diese Scheiße hatte ich mir ganz allein zuzuschreiben. Und damit war auch ich der Einzige, der die Sache wieder geraderück-en konnte. Das hoffte ich zumindest.

Ich muss zurück zu ihr. Sofort!

Der Gedanke war kaum durch meine Hirnwindungen, da wirbelte ich herum und lief durch die Halle und hinaus zum Taxistand. Ich nahm mir das erstbeste, riss die Tür auf und wollte eben einsteigen, als ich mit dem Handy gegen den Rahmen stieß und es mir aus der Hand rutschte. Es gab ein Knacken, als es auf die Bürgersteigkante knallte. Ich hob es auf und entdeckte, dass das Gerät ausgeschaltet und das Display gesprungen war. Verdammt! Das fehlte mir noch! Um das Telefon würde ich mich später kümmern, jetzt musste ich erst einmal zu Emily.

»Liberty Hotel. Beeilung!«, drängte ich den Fahrer, kaum dass ich eingestiegen war. *O bitte Herr, lass sie mir verzeihen,* schickte ich ein stummes Stoßgebet gen Himmel. *Ich verspreche auch, niemals wieder die Firma über jene zu stellen, die ich liebe. Nur lass sie mir dieses eine Mal noch verzeihen.*

Emily

Ich starrte fassungslos auf das Display meines Handys und hätte eigentlich nicht überrascht sein sollen. Aber ich dumme Kuh hatte ihm tatsächlich wieder geglaubt und nun stand ich hier in meinem kurzen sexy Kleid, war aufgedonnert, als würde ich im Luxus Escort-Bereich arbeiten und der Arsch versetzte mich. Dean hatte mir geschrieben, dass das Abendessen ausfallen würde. Kein Wort, dass es ihm leid tun würde oder sein Arsch in Flammen stand und er deswegen unsere Verabredung sausen ließ. Diese beiden Dinge hätten mich vielleicht dazu bewogen, etwas sanftmütiger zu reagieren, doch ich war eine Frau. Und Frauen, die von ihrem Exfreund zum zweiten Mal verarscht wurden, da konnte man rationales Verhalten nicht erwarten. Deswegen schickte ich ihm ein gepflegtes: *Fick dich,* mit etlichen Ausrufzeichen, schaltete mein Handy aus und warf es wütend aufs Bett.

»Ich hasse dich und ich hoffe, dir fällt dein beschissener Schwanz beim Pinkeln ab«, wetterte ich und lief in meinen High Heels wütend durchs Zimmer. »Das ist selbst für deine Verhältnisse das Letzte, ich brauche dich nicht«, murrte ich weiter und holte mir aus der Minibar ein paar Shots. Ohne zu überlegen, dass ich eigentlich einen klaren Kopf brauchte, trank ich vier dieser bunten kleinen Likörflaschen und versuchte, mich zu beruhigen. Ich setzte mich aufs Bett und überlegte, was ich tun sollte. Da er mich heute versetzte, konnte ich mich auch nicht darauf verlassen, dass er tatsächlich den Vertrag unterschreiben würde. Vielleicht war es nur eine Masche von ihm, damit ich sein Betthäschen spielte. So oder so war mein Vertrauen missbraucht worden und es gab nur eine logische Schlussfolgerung. Unsere Gruppe musste sich so rasch wie möglich zusammensetzen. Wir brauchten einen Plan, und zwar schnell.

Langsam zeigte der Alkohol Wirkung und ich hatte eine Idee. Ich rief Tom, einen unserer Bodyguards an und bat ihn, die Honey Lips zusammenzutrommeln. Außerdem sollte er ihnen ausrichten, sich schick zu machen, denn wenn wir schon untergingen, dann mit einer anständigen Party! Er wusste, dass unsere Jobs auf dem Spiel standen und ich erklärte ihm kurz, warum dieses Treffen so wichtig war. Tom versicherte mir, dass er die Mädchen hinunter ins Trainings Tanzstudio schicken würde, wo ich auf sie warten sollte. Ich bedankte mich, legte auf und rief Cassie an. Sie war immer bereit für Action und heute brauchte ich ihre gute Laune so dringend wie nie zuvor in meinem Leben.

»Cassie?«

»Wie schlimm ist es?«, fragte sie sofort und ich musste trotz der aufgestauten Wut lächeln.

»Er hat mich versetzt und ich habe das Gefühl, dass wir bald arbeitslos sein werden«, erklärte ich ihr und hörte sie scharf Luft holen. Dann folgte ein heftiger Wortwechsel zwischen ihr und George, dem ich trotz der Lautstärke nicht richtig folgen konnte. »Cassie?«, rief ich besorgt, denn ich wollte nicht, dass sie ihrem Engländer die Bälle mit dem Lasso entfernte. Dieses Vergnügen war einem anderen Briten vorbehalten und ich würde die Show sowas von genießen, wenn es soweit war.

»Ich bin wieder da und George hat keine Ahnung, was passiert ist. Er ist gerade dabei, Dean anzurufen. Augenblick … Verdammt, er sagt, dass nur die Mailbox anspringt. Himmel, warum macht er denn jetzt einen Rückzieher? Habt ihr euch gestritten?«

»Wir haben uns seit unserem Ausflug nicht mehr gesehen und es war nur ein gottverdammter Tag dazwischen. Ich habe keine Ahnung, wieso er wieder zum Riesenarsch mutiert, aber ich habe die Schnauze gestrichen voll, Cassie!«, entgegnete ich geladen und sprang vom Bett auf. »Ich habe Tom gebeten, dass er die Mädchen in etwa einer halben Stunde nach unten, ins Trainings Tanzstudio schicken soll, wo ich mich mit ihnen treffen will. Ich habe eine Weile lang hin und her überlegt und entschieden, heute eine Abschlussparty zu feiern. Morgen früh erzählen wir ihnen dann, dass es keine Verlängerung geben wird. Heute jedoch werden wir uns noch ein letztes Mal so richtig amüsieren«, sprach ich kampfeslustig weiter, denn ich hatte viel zu lange nicht mehr auf den Putz gehauen und es wurde Zeit, dass die brave Emily wieder Vollgas gab.

»Ach, du Scheiße! George? Warte nicht auf mich, es wird eine lange Nacht«, rief sie ihrem Freund zu und dann legte sie auf. Ich wusste, auf sie konnte ich mich verlassen und ich war bereit, nach vorne zu schauen und nie wieder zurück.

Zwei Stunden später hatten sich meine Sorgen komplett in Luft und Tequila aufgelöst. Ich lachte gerade über einen versauten Witz, den Kate zum Besten gab. Seit ihr Bruder hier aufgetaucht war und sie dazu bekehren wollte, wieder zurück nach Texas zu ziehen, war sie wie ausgewechselt. Sie trug knappe Kleidung und flirtete, was das Zeug hielt. Chip würde der Schlag treffen, wenn er sie in diesem Augenblick sehen könnte. Kate saß auf dem Schoß eines Harley Fahrers und ließ sich von ihm Shots ausgeben. Natürlich würde ich aufpassen, dass sie sicher und vor allem allein nach Hause gehen würde.

»Du bist echt witzig, wenn du rebellisch bist«, nuschelte Cassie neben mir und ich prustete meinen Cocktail über sie und alle anderen, die sich in meiner Reichweite befanden. Statt wie der Rest von ihnen angewidert zur Seite zu springen, grinste Cassie nur ziemlich lädiert und orderte den nächsten Drink.

»Warum sind wir eigentlich alle hier?«, fragte Charlotte angeheitert und hob ihre gepiercte Augenbraue. Sie sah wirklich heiß und gleichzeitig ziemlich creepy aus. Mit ihrem schwarzen, engen Jumpsuit und den mörderischen Lack Heels sah sie ein bisschen aus wie Catwoman. Jeder Mann bekam bei ihr sofort große Augen und wünschte sich heimlich, von ihr bestraft zu werden. Charlotte war unsere Latexqueen, die mit ihren Peitschen und Masken für ordentlich Stimmung auf der Bühne sorgte. Nur wer sich am Ende benahm und die Finger stillhielt, wenn er mit ihr zusammen auf der Bühne stand, wurde belohnt. Dann nämlich kam ihre Honigeinlage und die hatte es wirklich in sich. Tom musste die Kerle schon mehrfach von der Bühne zerren, weil sie einfach nicht wussten, wann es Zeit war, zu gehen. Witzig war, dass Charlotte privat auf Disneyfilme stand und so gut wie nie über Männer sprach. Ich dachte oft über die Mädchen nach und was sie alles erlebt hatten. Sie war einfach großartig und mit ihrem Krav Maga schlug sie jeden aufdringlichen Kerl in die Wüste.

»Weil wir die Sau rauslassen wollen und wir brauchen keine Männer, um Spaß zu haben«, rief ich ihr zu und machte dann eine entschuldigende Geste zu dem Dutzend Männer, die um uns herumstanden und die Drinks bezahlten. »Nichts für ungut, Jungs, aber ihr müsst verstehen, dass es keine anständigen Typen mehr gibt«, sagte ich in die Runde und die meisten zuckten entweder mit den Schultern oder waren ebenfalls zu betrunken, um mich ernst zu nehmen.

»Ich bin ein ganz netter«, hielt der Biker dagegen und Kate gab ihm einen Kuss auf seine behaarte Wange. »Das wissen wir«, antwortete sie kichernd und ich ahnte, dass wir die heutige Nacht in jede Richtung bedauern würden.

»Hat es was mit dem scharfen neuen Boss zu tun?«, bohrte Charlotte weiter nach und ich machte ein böses Gesicht, was sie nur dazu animierte, unschuldige Faxen zu machen und alle anderen synchron zu seufzen anfingen.

»Ernsthaft? Ihr findet ihn alle heiß?!«

Die gesamte Gruppe nickte heftig und auch Cassie wackelte mit dem Kopf.

»Er ist ein Hottie«, lallte Madison und warf ihre schwarze Mähne nach hinten. Sie war eine Sirene, anders konnte ich sie nicht beschreiben. Kurven bis zum Abwinken und mit ihrer blassen Haut und den knallroten Lippen sah sie aus wie Jessica Rabbit.

»Ich würde ihn gern Scones von meinem nackten Körper essen lassen«, sagte Valerie und hickste anschließend in Dauerschleife. Empört rutschte ich vom Stuhl und stemmte die Hände in die Hüften.

»Dean McDougal ist der Feind und er ist ein Idiot. Dieser Mann wird nie verstehen, was uns diese Show bedeutet und würde eine tolle Frau nicht mal erkennen, wenn das Glück ihn in den Arsch beißen würde«, stieß ich aufgebracht aus und alle sahen mich erstaunt an. »Ihr braucht nicht so zu gucken, er ist weder heiß noch gut in der Kiste! Also vergesst ihn, er ist eh nicht in der Lage, Gefühle für was anderes als seinen bescheuerten Kaffee zu empfinden!«

Meine Rede hatte allen die Sprache verschlagen und ich war mir sicher, zu viel gesagt zu haben. Cassie legte mir die Hand auf die Schulter und schob mir zwei Tequila Gläser zu. »Runter damit und du wirst sehen, Dean ist nur noch eine verschwommene Erinnerung«, meinte sie aufmunternd und wir exten den scharfen Alkohol, der mittlerweile kaum noch in der Kehle brannte.

»Erwähne nie wieder seinen Namen«, gab ich zähneknirschend zurück und hielt mich an der Bar fest.

»Was ist er? Lord Voldemort? Wir dürfen ihm keine Macht über uns geben«, erwiderte sie mit Gruselstimme und da wusste ich mit Sicherheit, dass sie genauso betrunken war wie ich.

Bevor ich antworten konnte, sprang die Jukebox wieder an und als ich die ersten Klänge *You make me wanna die* von *The Pretty Reckless* hörte, kletterte ich zusammen mit ihr auf den Tresen und sang lauthals mit. Nach und nach folgten die restlichen der Gruppe. Ein Wunder, dass der Tresen unter unserem Gewicht nicht zusammenbrach. Jede von uns konnte sich in den Song hineinversetzen, so schien es zumindest. Es ging um das Gefühl, niemals gut genug zu sein und dass man den Menschen trotzdem liebte, obwohl er einem nur Kummer bereitete.

Ich schloss meine Augen, gab mich der Musik hin und auch bei *Thundermother* machten wir unserem Ruf alle Ehre. Die Kerle standen dicht aneinander gedrängt vor uns und es flog sogar der ein oder andere Geldschein in unsere Richtung.

Unsere Party ging bis in die frühen Morgenstunden, bis wir kaum noch geradeaus gehen konnten. Da ich Angst hatte, Kate könnte den netten Biker namens T-Bone mit nach Hause nehmen, gab ich vor, nicht allein schlafen zu wollen und quartierte mich kurzerhand bei ihr ein. Gott sei Dank war sie nicht lange traurig und sobald wir ankamen, fiel sie samt Klamotten aufs Bett und schnarchte wie ein Holzfäller. Bei mir dauerte es einige Zeit, bis sich nicht mehr alles drehte, aber dann schlief auch ich ein.

Am nächsten Morgen wurde ich von Kaffeeduft wach, der mich sofort in die Senkrechte beförderte. Kate die eine Tasse schwarzen Muntermacher in der Hand hielt, saß auf der kleinen Couch in der Ecke und sah mich putzmunter an.

»Wieso siehst du so topfit aus? Und sind das etwa Joggingklamotten, die du trägst?«, fragte ich fassungslos und hielt mir den pochenden Schädel.

»Ich war schon eine Runde laufen«, meinte sie gut gelaunt, stellte die Tasse auf dem Couchtisch vor ihr ab und nahm ein Glas Orangensaft und zwei Aspirin, die sie bereitgelegt hatte. Dann stand sie auf, kam zu mir herüber und reichte mir die Sachen. »Ich trinke nach jedem Drink ein Glas Wasser und damit bekomme ich nie einen Kater. Außerdem bin ich mit drei Brüdern groß geworden, da schaut man sich eine Menge Tricks ab«, erklärte sie und bekam einen wehmütigen Gesichtsausdruck.

»Vermisst du deine Familie?« Meine Frage ließ sie noch trauriger gucken, doch sie fasste sich schnell und stritt es ab. »Nein, ich bin froh, von dort weg zu sein. Du kennst Chip und den Rest, sie hätten mich niemals mein eigenes Ding durchziehen lassen. Dass er jetzt hier ist und auf harten Cop macht, ändert nichts. Ich werde nicht zurückgehen.«

Ich erhob mich schwerfällig und spülte die Tabletten mit einem großen Schluck Orangensaft hinunter. Kate wirkte nicht mehr wie das eingeschüchterte Mädchen, das ich kennengelernt hatte. Mir war klar, dass sie allein für ihr Leben verantwortlich war, doch ohne ein Wort zu gehen, kam mir nicht richtig vor.

»Meinst du nicht, du solltest vielleicht Zuhause anrufen und deinen Eltern sagen, dass es dir gut geht, bevor Chip es tut?«

»Hm, wahrscheinlich keine schlechte Idee, ich habe nur Angst, dass meine Mom sofort wieder auflegt«, antwortete sie unsicher und ich konnte sie verstehen. Doch im Gegensatz zu ihrer Familie kümmerte sich meine nicht großartig um mich.

»Finde es heraus und ruf sie an. Erklär ihr, warum du dich fürs Tanzen entschieden hast und dass du hier glücklich bist. Das bist du doch, oder?«

»Klar bin ich das. Aber willst du nicht langsam damit herausrücken, warum Dean McDougal der Antichrist ist?«, wollte sie wissen und ich zuckte bei seinem Namen und dem nicht schmeichelhaften Titel zusammen.

»Hab ich ihn etwa so genannt?« Jetzt lachte sie und holte ihr Handy von der Kommode. »Sieh selbst«, war alles, was sie darauf erwiderte und zeigte mir stattdessen eine Videoaufnahme.

Dort stand ich auf dem Tresen einer Kneipe, an die ich keinerlei Erinnerungen mehr besaß und hielt einen langen Monolog über Schweine, die sich als Männer tarnten und unter dem Kommando des Antichristen Dean dienten.

»O Gott, ist das peinlich«, jammerte ich und schloss die Augen. »Bitte sag mir, dass nur du diese grässliche und völlig kindische Aktion gefilmt hast«, flehte ich sie an und zu meiner grenzenlosen Erleichterung nickte sie.

»Keine Sorge, die anderen Schweine waren damit beschäftigt, unsere Tanzeinlagen zu filmen und nicht, wie du über sie herziehst.« Ich rieb mir die Stirn und hoffte, dass wir nie wieder über diese Nacht reden würden.

»Dean ist ein Kerl aus meiner Vergangenheit, aber ich krieg das irgendwie hin. Ihr müsst euch keine Sorgen machen. Doch wir sollten uns heute Abend nach der Show einen Notfallplan überlegen. Er hat zwar gesagt, dass er uns übernimmt, doch ich traue ihm nicht. Jetzt werde ich erstmal unter die Dusche springen. Danke, dass ich hier schlafen durfte.« Sie winkte ab und nahm mir das Glas ab. »Du hast wohl eher auf mich aufgepasst, nicht wahr?«

»Ach, ich doch nicht. Aber T-Bone war mir nicht ganz geheuer. Wir sehen uns heute Abend bei der Show«, verabschiedete ich mich und hörte sie nur murmeln, dass sie verdammt froh wäre, nicht seine Old Lady geworden zu sein.

Auf dem Weg zu meinem Zimmer fühlte ich mich nicht

mehr ganz so mies, das änderte sich prompt, sobald ich Dean vor der Tür sitzen sah. Ich stoppte abrupt und schaute mir die Szenerie ungläubig an. Er saß in einem Meer von Pappbechern, hatte den Kopf nach hinten gelehnt und die Augen geschlossen. Sein Haar war verstrubbelt und der Anzug hatte Knitterfalten. Er schlief tatsächlich und darum ging ich direkt zu ihm und räusperte mich laut. Erschrock-en fuhr er hoch und blieb blinzelnd vor mir stehen.

»Du hast dich in der Zimmernummer geirrt und räum den Saustall auf, bevor du gehst«, meinte ich kühl und wollte mich an ihm vorbeidrängen.

»Warte, Em. Es tut mir leid. Ich habe die ganze Nacht auf dich gewartet, um mich zu entschuldigen.« Dean hatte die Hand nach mir ausgestreckt und hinderte mich so am Aufschließen. Ich starrte dorthin, wo seine Hand lag und konnte nicht verstehen, warum er mich so quälte.

»Ich war mit den Mädchen feiern und egal, was es ist, ich will es nicht hören«, sagte ich und schaute bemüht gle-ichgültig über meine Schulter.

»Es ist wichtig, bitte. Du musst mir glauben, ich wollte …«

»Du hast fünf Minuten, dann gehe ich rein«, stoppte ich sein Gestammel und drehte mich vollends zu ihm um. Ich hätte einfach gehen sollen, doch ein Teil von mir wollte seine Erklärung immer noch hören. Er schien verwirrt, dass ich ihn nicht rein ließ, doch diesen Fehler würde ich nicht noch einmal begehen. »Die Zeit läuft«, wies ich ihn zurecht und tat so, als würde ich auf meine imaginäre Uhr schauen, denn eins war völlig klar. Er brauchte Taten, um mich zum Bleiben zu überzeugen. Worte würden dieses Mal nicht reichen.

Dean

»Okay, also ich will ehrlich sein. Ich hatte gestern Abend diesen Anruf erhalten. Eine halbe Stunde, bevor ich mit dir verabredet war, erfuhr ich, dass es in meiner jüngsten Filiale einen Brand gegeben hatte.«

Emily klappte der Mund auf. »Du hast mich wegen deiner Firma sitzen lassen?« O Shit, das lief gar nicht gut! »Ich glaub´s ja nicht. Du bist wirklich unverbesserlich, Dean McDougal!« Schon wollte sie sich zu ihrer Zimmertür umdrehen, als ich sie am Handgelenk zurückhielt.

»Nein, warte.« Zu meiner Überraschung wandte sie sich noch einmal zu mir um. Verdammt, ihre Augen sprühten vor Wut. »Bitte, Emily, tu mir den Gefallen und hör dir meine Geschichte bis zum Ende an.« Darauf erwiderte sie nichts, sondern machte sich von mir los und verschränkte abwartend die Arme vor der Brust. Okay, das war meine letzte Chance, die durfte ich nicht vergeigen.

»Die neue Filiale liegt in Paris, sie ist mein erstes Café außerhalb Englands. Du kannst dir vermutlich vorstellen, wie wichtig sie mir ist …« Der harte Zug, der um ihre Mundwinkel herum erschien, verriet, dass ich gerade dabei war, die Sache komplett zu versauen. Darum beeilte ich mich weiterzureden. »Ich bin ausgetickt, als ich davon erfuhr und habe erstmal rotgesehen. Also bin ich zum Flughafen und wollte direkt mit der nächsten Maschine nach Frankreich fliegen. Aber dann … naja, dann hatte ich Gott sei Dank einen klaren Moment und habe verstanden, was ich im Begriff war zu tun. Oder besser gesagt, was ich Idiot schon wieder verbockt hatte. Em.« Ich fing ihren Blick ein, hoffte, sie würde erkennen, wie sehr mir die Sache zu schaffen machte. Mir war übel vor schlechtem Gewissen und in meinem Magen lag ein glühender Stein. »Ich hätte dir diese verfluchte WhatsApp nie schreiben dürfen, ich hätte nie auch nur überlegen sollen, die Firma dir vorzuziehen. Ich weiß, ich kann das Geschehene nicht rückgängig machen, aber ich kann dir versprechen, dass, wenn du mir verzeihst, ich dich nie wieder enttäuschen werde.« Langsam machte ich einen Schritt auf sie zu und nahm ihre Hände in meine. »Bitte Emily, verzeih mir. Du bist alles, was ich will.« Einen Augenblick lang sah sie mich einfach nur an, schien mit sich selbst zu ringen. Dann zog sie ihre Hände aus meinen zurück.

»Tut mir leid, aber ich kann nicht.« Verdammt, ich war sicher, sie würde mich verstehen. Zum Teufel, ich war doch nur ehrlich zu ihr!

»Es ist mir ernst«, beharrte ich.

»Das ist es mir auch«, gab sie eisig zurück. »Erwartest du allen Ernstes, dass du hier aufschlagen und mir erzählen kannst, dass du mich mal wieder für deine Karriere versetzt hast und es mir egal ist?«

»Nein, aber …«

»Es gibt kein Aber, Dean. Ich bin kein Spielzeug, das du beliebig hin und her schieben kannst, weil dir gerade danach ist. Du hast mich verarscht, schon wieder. Dafür gibt es keine Entschuldigung«, sagte sie bitter und dann: »Ich habe genug von dir und deinen leeren Versprechungen.«

»Ach ja, leere Versprechungen? Und was ist mit dem Vertrag?«

»Was soll schon damit sein? Du wirst ihn nicht unterschreiben, das ist mir inzwischen klar.« Sie schüttelte wütend den Kopf, machte einen Schritt auf mich zu und beugte sich zu mir vor. Nun war sie mir so nah, dass ihr warmer Atem sinnlich über meine Haut strich. »Wir zwei«, sagte sie und sah zwischen meinen Augen hin und her, »sind fertig miteinander. Bis Ende der Woche sind die Honey Lips und ich weg.« Gerade als sie sich zurückziehen wollte, schnappte ich sie an den Oberarmen und hielt sie fest.

»Niemand wird hier verschwinden«, knurrte ich. »Und erst recht nicht die zukünftigen Stars meines Delicious Paradise. Oder denkst du, ich lasse umsonst einen neuen Eventsaal bauen?«

Diese Info ließ Emily überrascht blinzeln. »Lass das, lüg mich nicht an«, warnte sie.

»Warum, denkst du, sollte ich es nötig haben, dich anzulügen?« Für einen winzigen Moment ließ ich mich hinreißen, ihren Duft einzuatmen. Das weckte den brennenden Wunsch in mir, sie zu küssen. Nur mit Mühe gelang es mir, ihn niederzuringen. Als ich weitersprach, war meine Kehle trocken. »Ich bin dir noch ein Dinner schuldig. Komm heute Abend zu mir und …«

»Nein.« Emily riss sich los und wich einen Schritt zurück. »Ich fasse es nicht, du tust es schon wieder!«

»Was tue ich schon wieder?«

»Mit mir spielen!« Zornig hob sie die Hände und fuhr sich durchs Haar. Ihre Verzweiflung war unübersehbar. »Verdammt, Dean, ich habe genug von dem ewigen Hin und Her und deinen leeren Versprechungen.«

»Das sind keine leeren Versprechungen. Ich versichere dir, so wahr ich hier stehe, ich werde den Vertrag unterscheiben.« Auf meine Worte hin seufzte sie und begann vor ihrem Zimmer auf und ab zu gehen. Sie glaubte mir nicht und das konnte ich ihr nicht übelnehmen. »Bitte, iss mit mir zu Abend und ich werde dir beweisen, dass es von nun an keine leeren Versprechungen mehr geben wird. Ich werde unterzeichnen. Emily«, sagte ich eindringlich, woraufhin sie stehen blieb und mich mit einem schmerzlichen Blick bedachte. »Versteh doch, du bedeutest mir alles. Ich will dich nicht wieder verlieren. Bitte, lass mich dir zeigen, wie ernst es mir ist. Gib uns nicht auf.« Wieder seufzte sie schwer.

»Na schön«, meinte sie schließlich leise und mit abgewandtem Blick. »Ich überlege es mir.« Dann drehte sie sich um und ging auf ihre Tür zu. Die Hand auf dem Knauf fügte sie hinzu: »Ich melde mich.« Damit verschwand sie in ihrem Zimmer und ließ mich im Flur stehen. Verdammt, das war nicht gelaufen wie erhofft. Aber immerhin hatte sie mich nicht komplett abgeschrieben, sondern wollte es sich überlegen. Nun hieß es also abwarten.

Um mir die Wartezeit zu verkürzen, ging ich auf mein Zimmer und rief Martha an. Nachdem ich die halbe Nacht an meinem Handy herumhantiert hatte, funktionierte es jetzt wieder. Meine Sekretärin war überrascht, dass ich noch in Vegas und nicht wie angekündigt in Paris war, fragte jedoch nicht weiter nach. Dafür brachte sie mich auf den neuesten Stand. Der Pausenraum der Filiale sowie ein Großteil des Lagers wurden vom Feuer zerstört. Es war ein beachtlicher Schaden. Trotzdem hatten wir Glück im Unglück, denn der Rest des Gebäudes blieb von den Flammen verschont. Inzwischen hatte die Feuerwehr auch den Brandherd ausfindig gemacht. Ein Handy, dessen Akku überhitzte und Feuer gefangen hatte. Es gehörte Colette, einer der Bedienungen. Wie es der Teufel wollte, lag das verfluchte Ding auf einem Stapel Zeitschriften. Das Zeug brannte wie Zunder und da der Laden boomte, bemerkte man das Feuer erst viel zu spät. Ich hatte Dupont also vollkommen grundlos beschuldigt, denn er hatte niemandem erlaubt, im Pausenraum zu rauchen. Apropos Dupont. Mit ihm telefonierte ich im Anschluss. Er berichtete, dass er den Schaden bereits hatte besichtigen lassen. Die Reparaturarbeiten, so vermuteten die Handwerker, würden etwa drei bis vier Wochen in Anspruch nehmen. Das war zwar ärgerlich, aber eine Nachricht, mit der ich leben konnte.

Als ich das Telefonat schließlich beendete, war es elf

Uhr mittags. Emily hatte sich noch nicht gemeldet. Wahrscheinlich hatte sie sich nochmal hingelegt. Immerhin war sie gestern Abend aus gewesen. Eine Mütze voll Schlaf hätte mir auch nicht geschadet, doch ich war viel zu aufgebracht, um mich hinzulegen. Deshalb beschloss ich, mich mit Sport abzulenken. Ich schnappte mir meine Trainingsklamotten und ging nach unten, ins hoteleigene Fitnessstudio. Anderthalb Stunden powerte ich mich aus, ließ all meinen Frust an den Geräten aus. Die Bewegung tat gut, nahm mir aber nicht die innere Unruhe.

Zurück in meinem Zimmer warf ich sofort einen Blick aufs Handy und wurde direkt enttäuscht. Nichts. Kein Anruf, keine WhatsApp oder andere Nachricht – nada. Verdammt. Aber das hatte ich verdient. Okay, wenn Emily noch nicht so weit war, dann musste ich mich eben weiterhin ablenken. Ich fuhr meinen Laptop hoch, doch noch bevor ich das Emailprogramm öffnete, war mir klar, dass Arbeit nicht helfen würde. Dafür war ich einfach zu aufgekratzt. Also klappte ich den Computer zu und ging nach unten, ins Restaurant. Ein Teil von mir hoffte, dass ich Emily dort über den Weg laufen würde. Leider vergebens. Obwohl ich fast zwei Stunden an einem der vordersten Tische saß – von hier aus hatte ich den perfekten Blick auf den Aufzug und konnte sie nicht übersehen – entdeckte ich sie nicht. Das war zermürbend! Ich musste hier raus, bevor mich die Ungeduld verrückt machte. Also ließ ich die Rechnung auf mein Zimmer schreiben und verließ das Hotel. Draußen war es brütend heiß. Die Sonne knallte mit aller Kraft vom Himmel und ließ mich binnen Minuten mein Hemd durchschwitzen. Ziellos wanderte ich den Strip entlang, ignorierte einen verkleideten Magier, der mir einen Flyer zustecken wollte und die jungen Mädchen, die vor den anderen Hotels standen und versuchten, mich in deren Casinos zu locken. Mir war zum Schreien zumute.

Warum hatte ich Idiot Emily gestern nicht einfach angerufen? Wenn ich ihr erklärt hätte, was vorgefallen war, hätte sie vielleicht Verständnis für meine Lage gehabt. Aber nein, ich musste sie ja mit dieser scheiß WhatsApp abfertigen. Kein Wunder, dass sie sauer war und mir nicht mehr vertraute.

»Das hast du eins A verbockt«, knurrte ich in mich hinein und wich einem Mann mit Cowboyhut aus, in den ich beinahe hineingelaufen wäre. Nachdem ich mein Handy ein drittes Mal aus der Hosentasche gezogen hatte, weil irgendein Telefon eines anderen Passanten einen Laut von sich gegeben hatte und ich vergebens aufs Display schaute, beschloss ich, wieder ins Hotel zu gehen. Auf dem Rückweg überlegte ich, meinen Frust in Alkohol zu ertränken, aber wenn ich nur an Bier oder Pimm´s on Ice dachte, wurde mir flau im Magen. Mein letzter Rausch war erst wenige Tage her. Besser, ich verzichtete auf Hochprozentiges.

Im Liberty angekommen, schlurfte ich gerade durch die Lobby, als ich den Pagen von vor ein paar Tagen entdeckte. Jenen, der mir den Brief von Emily überreicht hatte. Er stand neben der Rezeption und hantierte an einem Gepäckwagen herum. Mir kam eine Idee. Ich ging auf ihn zu und sprach ihn an.

»Hey, du da.«

»M … Mr. McDougal«, erschrak er, als er mich erkannte. »Wa … was kann ich für Sie tun, Sir?«

»Das erkläre ich dir in zwanzig Minuten, wenn du auf mein Zimmer kommst, …« Ich sah ihn mit hochgedrückten Brauen an und er verstand.

»Simon, Sir, mein Name ist Simon.«

»In Ordnung. Sei pünktlich, Simon. Oh, und bring einen Schwung Kaffeebecher mit. «

»Kaffeebecher, Sir?«

»Ja, du weißt schon, diese weißen Coffee to go Dinger.«

Er runzelte die Stirn, nickte aber.

»Gut, dann bis gleich.«

Zurück auf meinem Zimmer brühte ich eine Kanne *Delicious Nr. 1* auf – die erfolgreichste Sorte meines Unternehmens. Bis Simon zwanzig Minuten später an die Tür klopfte, erfüllte der weiche Duft von frisch gerösteten Kaffeebohnen das ganze Zimmer. Ich ließ den hochgewachsenen jungen Mann mit der spitzen Nase herein und nahm ihm den Stapel Becher ab, den er dabei hatte. Dann holte ich den Edding, den ich auf dem Tisch bereitliegen hatte und schrieb auf einen der Becher:

Ich vermisse dich und hoffe, du kannst mir verzeihen.

Dann füllte ich den Becher mit Kaffee und überreichte ihn Simon.

»Sei so gut und bring den hier zu Emily«, wies ich ihn an.

»Emily Masters? Die Chefin der Honey Lips?«

»Genau die.«

»Soll ich ihr sagen, dass der Kaffee von Ihnen ist?«

»Nein. Das wird sie auch so wissen.«

»In Ordnung.«

»Wenn du ihn abgegeben hast, komm zurück zu mir.«

»Ja, Sir.«

Während Simon sich auf den Weg machte, hoffte ich, meine Taktik würde aufgehen und Emily mich nun endlich anrufen. Leider war mein Plan erfolglos, denn mein Handy blieb stumm. Dafür klopfte es etwa zehn Minuten später an meiner Tür. Simon war zurück.

»Und?«, wollte ich wissen, kaum, dass ich ihm geöffnet und ihn hereingelassen hatte. »Was hat sie gesagt?« Mir war klar, dass ich mich wie ein Schuljunge benahm, aber das hier war eine Ausnahmesituation! Ich war drauf und dran, die Frau meines Herzens ein zweites Mal und damit für immer zu verlieren.

»Danke.«

»Wie danke?«

»Na, sie hat Danke gesagt.«

»Sonst nichts?«

»Nein, sonst nichts.«

In Ordnung, ich wusste, dass Emily ein hartnäckiger Mensch war. Aber das konnte ich auch sein. Insbesondere bei Dingen, die mir alles bedeuteten. Also wies ich Simon an, in einer Stunde wiederzukommen und schickte ihr einen zweiten Becher. Diesmal mit der Nachricht, dass sie für mich die schönste Frau auf dieser Welt wäre. Eine Stunde später stand auf dem Becher, dass ich ihr einen schönen Abend und eine tolle Show wünschte. Wieder eine Stunde später ließ ich sie wissen, dass ich nicht aufgeben würde, weil sie es verdammt noch mal wert war, um sie zu kämpfen.

Jedes Mal, wenn Simon zurückkam, hoffte ich, er hätte eine Nachricht für mich, doch laut ihm lief es immer genau gleich ab. Er brachte Emily den Kaffee, sie bedankte sich und schickte ihn wieder weg.

Um Mitternacht ließ ich ihr den letzten Becher bringen und wünschte ihr eine gute Nacht. Im Stillen hoffte ich, dass sie sich jetzt melden würde. Zu meinem Verdruss blieb mein Handy still. Es war wirklich zum Verrücktwerden mit dieser Frau. Ich wollte sie mehr als alles andere auf der Welt. Verdammt, am liebsten wäre ich zu ihr gegangen, hätte die Tür eingetreten und sie mir wie ein Neandertaler über die Schulter geworfen. Verflucht, sie gehörte zu mir, warum sah sie das nicht ein? Natürlich blieb ich, wo ich war. Wenn ich überhaupt noch eine Chance bei ihr haben wollte - so viel war mir klar - durfte ich sie nicht bedrängen. Die Kaffeebechernachrichten waren schon hart an der Grenze.

In dieser Nacht tat ich kein Auge zu. Unruhig wanderte ich stundenlang durch mein dunkles Zimmer oder stand am Fenster und beobachtete die bunte Stadt zu meinen Füßen. Natürlich war es ein hinkender Vergleich, aber etwa so, vermutete ich, musste sich Emily gefühlt haben, als ich sie damals verlassen hatte. Dieses Gefühl der Leere und der Hoffnungslosigkeit, das wie ein gewaltiges Loch in meiner Brust klaffte, war grauenvoll. Irgendwann in den frühen Morgenstunden legte ich mich ins Bett und fiel in einen leichten Schlaf.

Mein klingelndes Telefon weckte mich. Mit dröhnenden Kopfschmerzen, als hätte ich letzte Nacht getrunken, fischte ich das Handy vom Nachttischkasten.

»Hallo«, ging ich ran, ohne nachzusehen, wer der Anrufer war.

»Dean?«

»Was gibt´s, George?«

»Ich hab gestern den ganzen Tag nichts von dir gehört. Ist alles okay?«

Ich setzte mich an die Bettkante und strich mir mit der flachen Hand übers Gesicht.

»Nicht wirklich.«

»Es ist wegen Emily, nicht wahr?«

Das machte mich hellhörig. »Ja. Hat Cassie was gesagt?«

»Nicht wirklich. Sie meinte nur, du hättest Emily sitzen lassen und dass sie unheimlich sauer wäre. Was ist denn passiert?«

Ich erzählte George vom Brand und meiner Kurzschlussreaktion. Er verstand sowohl meine als auch Emilys Seite.

»Und wie lautet dein freundschaftlicher Rat?«, wollte ich schließlich wissen.

»Gute Frage. Ich würde sagen, gib nicht auf. Wenn ich eines über texanische Frauen gelernt habe, dann, dass sie ab und zu ganz schön dickköpfig sein können. Manchmal lohnt es sich, dran zu bleiben.«

»Das hatte ich vor«, sagte ich und warf einen Blick hinüber zu den Plastikbechern, die auf dem kleinen Tischchen vor der Couch standen.

Nach dem Telefonat mit George hatte ich neuen Mut gefasst. Ich braute frischen Kaffee, rief unten an der Rezeption an und ließ Simon zu mir hochschicken. Bis er hier war, hatte ich bereits einen Becher mit schwarzem Kaffee, ohne Milch und ohne Zucker – genauso wie Emily ihn liebte – vorbereitet. Auf den Rand hatte ich geschrieben:

Guten Morgen, Frau meiner schlaflosen Nächte. Ich wünsche dir einen wundervollen Tag.

Von jetzt an schickte ich ihr wieder zu jeder vollen Stunde eine Bechernachricht mit einem anderen Spruch. Mal schrieb ich, dass sie mir mehr bedeuten würde, als sie sich vorstellen konnte, mal, dass sie die unglaublichsten Augen dieser Welt hatte. Jedes Mal, wenn Simon zurückkehrte, hoffte ich, er hätte was Neues für mich, doch Emilys Reaktion war stets dieselbe.

Am frühen Nachmittag schrumpfte meine Hoffnung langsam aber sicher. Vielleicht war die Kaffeeidee doch nicht so gut, wie ich gedacht hatte. Aber ich hatte eben gehofft, ihr eine Freude zu machen. Ich wusste, wie sehr sie Kaffee liebte, wie gern sie den Duft der frisch aufgebrühten Bohnen roch. Um fünf Uhr nachmittags schrieb ich ihr folgende Nachricht:

Emily, ich weiß, dass ich dich verletzt habe. Es tut mir

unendlich leid. Ich hoffe von Herzen, dass du mir eines Tages verzeihen kannst.

Als Simon zurückkam, öffnete ich ihm die Tür und wollte mich eben bedanken und ihn anweisen, in einer Stunde wiederzukommen, da entdeckte ich sein Grinsen.

»Sir«, sagte er und hielt einen leeren Becher hoch. Es war jener, den ich ihr gerade geschickt hatte. Emily hatte geantwortet!

Unter meine Nachricht hatte sie geschrieben:

Heute um acht Uhr bei dir.

Sie nahm meine Entschuldigung an. Bei Gott, sie gab mir noch eine Chance!

»Das ist der Hammer!«, jubelte ich und umarmte Simon in meiner Freude. Der wirkte ganz schön überrumpelt und schob, als ich von ihm abließ, schmunzelnd seine Mütze zurecht. »Warte hier«, sagte ich, lief ins Zimmer und holte eine Hundert Dollar Note, die ich ihm zusteckte. »Das ist für dich«, erklärte ich, worauf sich seine Augen rundeten.

»Oh, danke, Sir!«

»Ich habe zu danken«, erwiderte ich, klopfte ihm auf die Schulter und ging zurück in mein Zimmer. Unglaublich, ich hatte die Hoffnung, dass sie mir verzeihen würde, schon fast aufgegeben und nun das. Jetzt würde alles wieder gut werden, das spürte ich.

Emily

Ich trat von einem Fuß auf den anderen, sobald ich vor Deans Tür stand und meine Hände waren pitschnass. Noch nie in meinem Leben war ich so aufgeregt gewesen, nicht mal, als ich die Zusage aus Australien bekam. Das sagte über meine Gefühlswelt eigentlich schon alles aus, denn dieser Abend würde entscheiden, wo ich, beziehungsweise wir standen. Noch ein einziges Mal würde ich mich diesem Mann mit allem, was ich hatte, hingeben und ihm sagen, dass ich ihn liebte. Ihn immer geliebt hatte, egal, wie viele Jahre und wie viele Wunden dadurch entstanden waren. Ein letztes Mal würde ich ihm gestatten, mich zu überzeugen, dass wir zusammengehörten. Ansonsten müsste ich einen Weg finden, ihn hinter mir zu lassen und das endgültig.

In den vergangenen Stunden hatte ich mehrere Optionen in Erwägung gezogen, ich war sogar bereit, die Truppe zu verlassen, wenn das bedeutete, dass sie bleiben konnten. Es würde mich hart treffen, aber ich war an dem Punkt, wo es nur noch ihn gab und ich könnte nicht hier arbeiten, wenn er mein Boss, und nur mein Boss wäre. Darum hatte ich ihn auch schmoren lassen, denn er sollte keine Entscheidung fällen, nur weil sein Schwanz für ihn dachte, anstelle seines Herzens.

Hör auf, Zeit zu schinden und klopf an die Tür, schalt ich mich innerlich und hoffte, dass mein heutiges Outfit mehr sagte, als ich mit meinem Mund zustande bringen würde. Ich war in meinem Zimmer so nervös gewesen und hatte gefühlte Stunden an meiner Frisur und meinem Kleid herum gezupft, bis Cassie zur Tür hereinkam, mich aus meiner Apathie riss und mir gut zuredete. Sie würde heute meinen Part als Ansagerin der Show übernehmen und brauchte dafür mein Kostüm. Da sie mehr Oberweite als ich besaß, würde sie die Jacke offen tragen müssen, doch das verlieh ihr eine besonders heiße Note, die typisch für sie war.

»Er wird es richtig machen. Dir den Vertrag und sein Herz geben, ich bin mir sicher. Du siehst heiß aus, der Shoppingtrip hat sich sowas von gelohnt. Vielleicht sollte ich mir das Kleid mal ausborgen«, hatte sie drauflos geplappert und holte eine kleine Flasche Sekt aus dem Kühlschrank. »Hier, für die Nerven, du siehst aus, als müsstest du dich gleich übergeben«, hatte sie besorgt gemeint und ich nahm das Fläschchen dankend an. Sie hatte sich gestern wieder einmal Zeit genommen, um sich mein Gefühlschaos anzuhören und wusste über alles Bescheid. Ihr war es zu verdanken, dass ich jetzt überhaupt vor seiner Tür stand und nicht das Weite suchte.

»Ich würde am liebsten kneifen«, hatte ich ihr gestanden und einen Schluck genommen. Danach schaute ich kritisch in den Spiegel und sah eine Frau, die aussah, als würde sie zu einer Filmpremiere gehen und nicht zu ihrem Exfreund, der alle Fäden in der Hand hielt.

»Papperlapapp, du gehst jetzt zu ihm und forderst das ein, was dir zusteht. Du schaffst das!« Danach gab mir sie mir einen Klaps auf den Po, bugsierte mich aus dem Zimmer und nahm mir den Sekt wieder ab. »Denk dran, uns bleiben immer noch das Lasso und Charlottes Peitschen, um seine Meinung zu ändern, falls er so dumm ist und den Vertrag doch nicht unterschreibt! Aber das ist das Worst-Case-Szenario. Du schaffst das auch so!«

Ich schaffe das, wiederholte ich die Worte meiner Freundin ein paar Minuten später und klopfte zaghaft an seine Tür. Es dauerte keine zwei Sekunden und die Hoteltür wurde regelrecht aufgerissen. Mir blieb beinahe die Spucke weg, denn Dean trug einen schwarzen Anzug mit weißem Hemd darunter. Wir beide standen sprachlos vor dem jeweils anderen und die Art, wie er mich ansah, gab mir Hoffnung. Begierde, Zärtlichkeit und etwas, das ich seit Jahren vermisst hatte. Ein Zuhause!

»Du siehst atemberaubend aus, Emily. Möchtest du nicht reinkommen?«, fragte er mich mit belegter Stimme und trat einen Schritt zur Seite. Ich spürte, wie mir die Röte ins Gesicht schoss und biss mir auf die mit blutrotem Lippenstift bemalten Lippen. Seine Augen folgten meiner Bewegung und nun wurde mir an ganz anderen Stellen heiß.

»Danke für das Kompliment, ich kann es nur zurückgeben«, antwortete ich im Vorbeigehen und hörte, wie er die Luft ausstieß. Ich schaute über meine Schulter und konnte sehen, wie er mir auf den Hintern schaute. Dean hob seinen Blick und grinste jungenhaft.

»Du kannst nicht solch ein Kleid anziehen und dann erwarten, dass ich nicht gucke. Ist das Seide? Wenn ja, sorge ich dafür, dass du den Rest deines Lebens nichts anderes mehr trägst«, stieß er zwischen zusammengebissenen Zähnen hervor und ich kicherte leise.

»Dean McDougal, du bist dir deiner Sache ziemlich sicher, nicht wahr?« Ich beobachtete seine Reaktion auf meine Worte und bekam große Augen, als er die Tür schloss und mir sanft über den Arm strich. Dabei ließ er mich sehen, wie sehr er bereute, was passiert war.

»Ich werde alles dafür tun, damit du mir gehörst.« Er ging um mich herum, nahm meine Hand und führte mich ins Esszimmer seiner Suite. Dort erwartete mich gleich die nächste Überraschung, denn er hatte das volle Programm aufgefahren.

Überall standen Kerzen, die warmes Licht verströmten und dem Raum eine romantische Stimmung verliehen. Auf dem Tisch entdeckte ich Silberglocken, unter welchen ich das Essen vermutete und sanfte Musik rundete den Anblick ab. Es war wie in einem Märchen und ich blieb wie angewurzelt stehen.

»Ist das alles für mich?«, fragte ich beeindruckt nach und musste schlucken, damit mir vor Rührung keine Tränen hinunterliefen. Etwas unsicher blickte er sich um. »Zu viel?«

»Nein, ich bin nur überwältigt, das ist alles, Dean. Wir wollten doch eigentlich nur den Vertrag unterzeichnen und zu Abend essen. Ich habe aber das Gefühl, irgendetwas Wichtiges zu übersehen«, meinte ich zaghaft und folgte ihm weiter in den Raum hinein. Auf dem Tisch lag der Vertrag und bei näherem Hinsehen erkannte ich, dass er ihn tatsächlich unterschrieben hatte. Aufgeregt hob ich ihn auf und blätterte die Papiere durch, während Freude durch meinen Körper raste.

»Du hast immer noch daran gezweifelt, dass ich dich wieder hängen lasse, oder?«, fragte er jetzt ganz nah hinter mir und legte seine Hände auf meine Schultern. Gänsehaut breitete sich auf meinem gesamten Körper aus, als er mich zu sich drehte und mit langsamen Bewegungen mit seinen Fingern meine Arme hinauffuhr. »Ich hatte genug Zeit, mir über alles klar zu werden und ich will dich nicht noch einmal verlieren, hörst du? Dass ich den Vertrag unterschrieben habe, liegt einzig und allein daran, dass ihr verdammt gut in eurem Job seid und ich ein Idiot wäre, wenn ich euch gehen lassen würde«, erklärte er mir und seine Brust hob und senkte sich heftig. Er schien nun nicht mehr so gefasst zu sein, sondern genauso aufgewühlt, wie ich mich fühlte.

»Ich danke dir von ganzem Herzen, das bedeutet alles für uns«, erwiderte ich erleichtert, doch es gab noch ein paar Dinge zu regeln. Bevor ich meine Fragen aussprechen konnte, ließ er mich los, befahl mir aber mit einer Handbewegung, mich nicht zu rühren. Unsicher und aufgeregt verfolgte ich, was er tat. Dean ging zu seinem Handy, zeigte mir sein kaputtes Display und dass er es ausschaltete, was mich komplett verblüffte. Ausgerechnet jetzt, wo es in einer seiner Filialen gebrannt hatte und er besser erreichbar blieb, schaltete er es meinetwegen aus. Dieser Beweis war für ihn ein ziemlicher großer Schritt auf mich zu.

»Niemand wird uns diesen Moment kaputtmachen und es ist mir egal, welcher Notfall womöglich auf mich wartet. Alles, was zählt, bist du«, sagte er mit feierlichem Ernst und mein Puls stieg ins Unermessliche.

Plötzlich hörte ich, wie die Musik etwas lauter wurde und der Song sorgte dafür, dass auch mein Herz zu rasen anfing. Es war *Bishop Briggs* mit *Never tear us apart*! Mit glühendem Blick kam er auf mich zu, nahm mir den Vertrag ab und warf ihn achtlos auf den Tisch, ohne mich aus den Augen zu lassen. Dann legte er seine Hände auf meine Hüften, zog mich mit sanftem Ruck zu sich hin und umarmte mich zärtlich. Ganz langsam fing er an, uns zu bewegen und ich spürte, dass sein Herz ebenso raste wie meins.

»Ich habe dich so vermisst. All die Jahre warst es immer nur du, ich war nur zu blind, dich zu erkennen. Wenn du mich lässt, werde ich dir für immer beweisen, wie sehr ich dich verehre«, sagte er dicht an meinem Ohr und mit jedem Wort schmolz ich dahin.

»Ich werde deine Angestellte sein. Wie willst du das unter einen Hut bringen?«, wandte ich ein, aber rieb dennoch meine Nase an seinem Hals. Er erschauerte und sein Griff wurde fester.

»Ganz einfach. Sobald ich dein Vertrauen wiedererlangt habe, werde ich dich dazu bringen, fürs Erste in wilder Ehe mit mir zu leben«, sagte er entschlossen und ich nahm meinen Kopf zurück, um ihn ansehen zu können.

»Ist das dein Ernst? Wilde Ehe für einen Briten?« Das Wort Ehe löste in mir etwas aus, was ich für mich schon längst abgeschrieben hatte. Es zeigte mir auf, wohin mein Weg trotz Stolpersteine führen könnte und das versetzte mich in einen Zustand, den man nur als rosarot und mit Einhorngeschmack beschreiben würde. Ich fühlte mich leicht, glücklich und so zufrieden, wie ich es seit einer Ewigkeit nicht mehr gewesen war.

Er lächelte schmutzig, bevor seine Lippen sanft über meine glitten. »Du ahnst nicht, wie sehr ich es genießen werde, deinen Widerstand nieder zu küssen, um am Ende mindestens meinen Ring an deinem Finger zu sehen!«

»Sag es nicht, wenn du es nicht so meinst, Dean. Ich weiß, es gibt im Leben keine Garantien und mir ist bewusst, dass wir heute Nacht von vorne anfangen. Aber eine Frage quält mich trotzdem«, wisperte ich und hoffte, dass er mich nicht zugrunde richten würde.

»Frag mich alles, was du willst, Em! Bitte schau nicht so traurig, du machst mir damit gerade eine Scheißangst«, erwiderte er unsicher.

»Liebst du mich?« Er schüttelte mit dem Kopf und mein Magen machte einen Satz ins Bodenlose. Entsetzt wollte ich Abstand nehmen, doch er ließ mich nicht, sondern packte mit einer Hand mein Gesicht.

»Das ist nicht annähernd das, was ich empfinde. Ich liebe dich nicht nur einfach, ich bete dich an und das habe ich schon damals getan. Bei allem, was mir heilig ist, du bist die Frau meines Lebens und ich weiß nicht, wie ich dir …«

»Ich liebe dich auch, Dean«, fiel ich ihm ins Wort und küsste ihn stürmisch. Ich hatte zehn Jahre darauf gewartet, diese Worte wieder zu hören und darum küsste ich ihn mit all der Leidenschaft und Lust, die in mir tobte.

»Du machst mich fertig«, raunte er an meinen Lippen und dann verschwammen Raum und Zeit. Wir waren wieder jung, und dennoch erwachsen. Es war wie nach Hause kommen. »Ich will dich pur«, sprach er weiter und wischte mit seinem Daumen die Reste des Lippenstiftes von meinem Mund. Danach entfernte er die Haarnadeln aus meiner Frisur, bis mir die Haare in dunklen Wellen über die Schultern fielen.

»Gefalle ich dir so nicht?«, neckte ich ihn, doch anstatt mir zu antworten, drehte er mich um und küsste meinen Nacken. Zärtlich und ohne Eile zog er den Reißverschluss des Kleides hinunter und küsste jedes Stückchen Haut, das er freilegte. Ich vibrierte mittlerweile vor Anspannung und Lust.

»Wie gesagt, ich möchte dich ohne alles und das gilt auch für den Sex, Em. Ich muss dich wieder so spüren, wie ich es damals durfte«, sprach er an meiner Haut und ich hörte die Sehnsucht in seiner Stimme. Er forderte sehr viel Vertrauen von mir, denn ich wusste, dass er im Gegensatz zu mir eine Menge Bettakrobatik genossen hatte.

Dean schien mein Zögern zu spüren, denn sobald sich das Kleid zu meinen Füßen bauschte, hob er mich auf seine Arme und trug mich ins Schlafzimmer. Seine Augen suchten meine, als er weitersprach. »Seit unserer Zeit in Texas habe ich nie wieder ohne Kondom mit jemandem geschlafen. Du warst die einzige und ich möchte, dass es den Rest unseres Lebens so bleibt. Lass mich dir zeigen, wie ich fühle und was du in mir auslöst, sobald ich in dir bin.« Ich biss mir in die Innenseite der Wange und fühlte mich nackt, obwohl ich noch Unterwäsche und Schuhe anhatte.

»Für immer?«, fragte ich zögernd und er nickte mit einem Lächeln, das mir den Boden unter den Füßen weggezogen hätte, würde er mich nicht bereits halten.

»Immer und jeden Tag«, erwiderte er und legte mich in die Mitte des Bettes. Ohne zu zögern, entfernte er seine Klamotten und ich erhob mich auf die Ellenbogen, um mir diesen Striptease nicht eine Sekunde entgehen zu lassen.

Die Shorts war als letztes an der Reihe und sein Schwanz sprang stolz und mächtig hervor. Ich benetzte wie in Trance meine Lippen mit der Zunge und sah, wie sein Penis begierig zuckte. Bevor er sich auf mich stürzen konnte, stoppte ich ihn.

»Ich habe zu viel an«, raunte ich und griff hinter mich, um den BH zu öffnen und neben mich zu schmeißen. Dann hakte ich die Zeigefinger in das winzige Höschen und entfernte auch das ziemlich schnell. Meine Mitte pochte anhand seines gierigen Blickes und die Art, wie er sich selbst mit der Hand bearbeitete. Seine Sehnen traten hervor und ich erkannte einen Tropfen auf der Spitze. Mein Selbstvertrauen und meine Zuversicht in uns kam zurück. Darum ließ ich mich nach hinten sinken, stellte meine High Heels aufs Bett und spreizte lasziv die Beine.

»Gott verdammt, bist du heiß! Deine Pussy ist nass und geschwollen und bettelt quasi darum, sie auszufüllen«, knurrte er heiser und ich lächelte.

»Sie hat dich genauso sehr vermisst wie der Rest von mir«, schnurrte ich, legte meine Finger auf die Klit und drückte leicht zu.

»Das ist so verfickt heiß, dass ich auf der Stelle kommen könnte«, gab er gequält zurück und ich wusste, seine Selbstbeherrschung war fast am Ende. Um ihm endgültig die Kontrolle zu entziehen, steckte ich mir die feuchten Finger in den Mund und schloss genüsslich die Augen.

»Mhhm, wenn du wüsstest, wie …«

Er war mit seinem Mund an meiner Scham, bevor ich den Satz zu Ende sprechen konnte. Seine Hände packten meine Beine, legten sie sich auf seine Schultern und dann leckte er mich, als würde er verhungern.

»Du bist ein Biest, Emily, aber ich werde mich mit Freuden von dir foltern lassen! Deinen Geschmack auf meiner Zunge zu haben, ist wie nach Hause kommen«, gab er erregt zurück und der nächste Zungenschlag ließ mich Sternchen sehen. Meine Hände krallten sich in sein Haar und ich versuchte, ihn aufzuhalten, doch er machte weiter. Als nächstes spürte ich seine Finger in mir und mein Becken flog förmlich nach oben.

»O Gott, du machst mich so an, Dean!«, rief ich außer mir und war durch die Liebe und Offenheit seiner Worte kurz vor dem Abgrund. »Bitte fick mich«, flehte ich ihn an und meine inneren Wände zogen sich lustvoll zusammen. Sanfte Bisse an der Innenseite meiner Oberschenkel feuerten meine Lust nur noch weiter an, doch statt weiter zu machen, hörte er tatsächlich auf und schob sich über mich.

»Nicht ficken, mein Schatz. Wir werden uns so lieben, wie wir es die letzten zehn Jahre hätten machen sollen«, sagte er zärtlich und ich hielt die Luft an. Tränen sammelten sich in meinen Augenwinkeln, doch bevor sie entweichen konnten, füllte er mich aus und ersetzte die Rührung durch Hingabe.

Synchron bewegten wir uns, langsam und ohne Eile. Hände, die sich sanft erforschten und Münder, die sich immer wieder fanden. Wie eine Welle ließen wir uns treiben und zeigten dem anderen mit Küssen und Berührungen, wie sehr wir uns wollten. Meine Haut fühlte sich elektrisiert und aufgeheizt an. Kleine Funken rasten durch meine Nervenbahnen und wischten die schlimmen Erinnerungen fort.

Dean nahm meine Hände, hob sie über meinen Kopf und verschränkte sie mit seinen. Bei jedem Stoß stöhnten wir auf und es dauerte nicht lange, dann veränderte sich die Hitze in ein wahres Feuer. Ich hob mein Becken an, damit er mich noch tiefer ausfüllen konnte und er versuchte, in mich hinein zu kriechen. So tief und hart hatte ich noch niemanden gespürt und das machte aus mir ein hormongesteuertes Ding.

»Dich ohne Gummi zu nehmen, ist der Wahnsinn. Du bist so weich und eng, ich werde nie genug bekommen«, stieß er unter Stöhnen hervor und sein Rhythmus nahm an Härte zu.

»Zeig mir, wie viel du mir geben kannst«, forderte ich ihn heraus und er griff unter mich, um einen anderen Winkel zu treffen. Die Synapsen in meinem Kopf erhielten einen Kurzschluss, denn so traf er den Punkt, der mich wimmern ließ.

»Komm für mich, Em! Lass mich sehen, wie sehr du mich liebst«, hielt er dagegen und erhob sich auf die Knie. Der nächste Stoß ließ mich über die Klippe springen und ich schrie laut auf. Er rammte sich ein letztes Mal in mich, legte den Kopf in den Nacken und rief meinen Namen, während er sich in mir ergoss. Ich spürte jedes Zucken und das führte dazu, dass mich ein kleines Nachbeben durchströmte. Danach blieben wir einen kurzen Moment regungslos in der Position, und ich hatte das Gefühl, endlich angekommen zu sein.

»Das war unbeschreiblich und ich werde dich mindestens einmal am Tag haben müssen«, meinte Dean, während er sich neben mich legte und in seine Arme zog. Ich lachte leise an seiner Brust, küsste die erhitzte Haut und fühlte ihn immer noch in mir.

»Ich werde keinen Widerstand leisten, das verspreche ich dir«, antwortete ich träge und schaute ihm ins Gesicht. »Werden wir es erstmal geheim halten, bis du alles unter Dach und Fach hast?« Meine Frage schien ihn zu ärgern, denn er schüttelte grimmig den Kopf und zog mich auf sich, bis ich auf seinem Schoß saß.

»Verdammt, nein! Wir werden nicht anfangen, Kompromisse zu machen. Du gehörst zu mir und das soll ruhig jeder wissen!« Ich legte den Kopf schief und betrachtete den

Mann, der unter mir lag. Sein Haar war durch meine Hände sexy verwüstet und ich spürte ihn unter mir hart werden.

»Okay, Mr. McDougal, aber damit eins klar ist, du gehörst ebenfalls mir«, entgegnete ich grinsend, bewegte mich leicht vor und zurück, bis er meine Hüfte packte, um mich aufzuhalten.

»Einverstanden, dann haben wir einen Deal?«, wiederholte er die Worte, die ich damals zu ihm sagte.

»Das haben wir«, flüsterte ich zärtlich, beugte mich vor, um ihn zu küssen und genau wie damals besiegelten wir unseren Deal die ganze Nacht.

Dean

Die Hände in den Hosentaschen vergraben, schlenderte ich am nächsten Abend durch das Casino des Hotels. Es war nun meins, wie alles andere in diesem Haus. Wie vereinbart schmiss Walker den Laden noch bis Jahresende unter meiner Leitung, was mir Zeit gab, die Umbauten neu zu planen. Da ich mich entschieden hatte, die Honey Lips zu behalten, waren die ursprünglichen Baupläne für die Tonne. Schließlich galt es nun, zusätzlich einen neuen Eventsaal unterzubringen.

Mein Blick streifte über eine Reihe Spielautomaten, Black Jack- und Roulette Tische. Zum ersten Mal, seit ich den Kaufvertrag des Liberty unterschrieben hatte, realisierte ich wirklich, dass diese Immobilie nun mir gehörte. Ein unbeschreibliches Gefühl und ein gewaltiger Schritt nach vorn. Auch wenn mir bewusst war, dass das Delicious Paradise jede Menge Arbeit bedeutete. Aber das war in Ordnung. Ich würde einen verlässlichen Manager einstellen, der sich um meine Filialen auf dem europäischen Markt kümmern würde. Ganz wollte ich mich natürlich nicht zurückziehen, aber zumindest so weit, damit ich ausreichend Zeit hatte, mit Delicious-Coffee auf dem amerikanischen Markt Fuß zu fassen. Und natürlich, um die verlorene Zeit mit Emily wieder gut zu machen.

Apropos Emily. Ich erreichte gerade den langen Flur, der zum Showroom führte und entdeckte sie mit zwei Mädchen und einer ganzen Traube Männer, die davor standen. Em trug wieder dieses heiße Zirkusdirektorinnenkostüm, das ihre Figur wie eine zweite Haut umschmeichelte. Mit einem verliebten Lächeln blieb ich stehen und lehnte mich am Ende des Flurs an die Wand. Ich beobachtete, wie sie ihre Gäste begrüßte, während die beiden Mädchen – eine Kartenabreißerin und Charlotte, die Domina mit den dunklen Haaren aus der Show – die Tickets der Kerle abknipsten. Es war noch immer schwer zu begreifen, dass ich es tatsächlich geschafft hatte, diese unglaubliche Frau zurückzugewinnen. Mir kam die letzte Nacht in den Sinn. Emily wieder in meinen Armen zu halten und sie wie früher pur spüren zu dürfen, war unglaublich gewesen. In meiner Erinnerung sah ich uns gerade eng umschlungen auf meinem Bett liegen, als ein Polizist an mir vorbei und auf die Gruppe zuschritt. Verwundert stieß ich mich von der Wand ab und beobachtete, wie er sich an den anderen vorbei schob und die verschlossene Tür anstrebte.

Was war denn jetzt los? Was zum Teufel wollte die Polizei hier?!

Ehe der Beamte eintreten konnte, schnappte Emily ihn am Arm und zog ihn zu sich und Charlotte – alias Lola – zur Seite. Jetzt erhaschte ich einen Blick auf sein Gesicht. Es war Chip! Ich ballte die Fäuste, spürte, wie mich eine feurige Woge Zorn überkam. Was suchte dieser Penner hier? Schon wollte ich auf ihn und meine Liebste zugehen, als mir etwas auffiel. Während Emily wütend mit den Armen herumfuchtelte, mal auf die Tür, dann wieder auf Chip zeigte – ihn offensichtlich zur Schnecke machte -, hatte der Kerl nur Augen für Charlotte. Wie benommen stand er da, den Blick auf die kleine Dunkelhaarige gerichtet. Da sollte noch einer sagen, Liebe auf den ersten Blick würde es nicht geben. Verdammt, der Kerl sah aus, als hätte ihn ein Vorschlaghammer getroffen. So etwas hatte ich noch nie zuvor gesehen. Chips Reaktion ließ meine Wut verpuffen. Der Kerl war viel, aber definitiv keine Gefahr. Jedenfalls nicht für mich. Sollte Charlotte hingegen einen Freund haben … Junge, in dessen Haut wollte ich nicht stecken.

Mein Blick wanderte von dem Cop zurück auf Emily, die mich just in dem Moment entdeckte. Augenblicklich stoppte sie das Gefuchtel und ihre harte Miene wurde weich. Ein schiefes Lächeln im Gesicht ging ich zu ihr hin und zog sie besitzergreifend in meine Arme.

»Hey, meine Schöne«, raunte ich und küsste sie.

»Chip«, begrüßte ich den hochgewachsenen und breitschultrigen Polizisten mit dominanter Stimme. Auch wenn es nicht so schien, als ob er ein Auge auf meine Frau geworfen hatte – sicher war sicher. Doch der Kerl hörte mir erst gar nicht zu, sondern starrte immer noch Charlotte an.

»Hi, Lola«, begrüßte ich Emilys Freundin, die etwas verlegen wirkte.

»Hi, Mr. McDougal.«

»Du bist spät dran«, rügte mich meine Süße. »Wollen wir reingehen?«

»Auf jeden Fall.«

»Lola, wir gehen schon mal rein. Du hast noch eine halbe Stunde bis zu deinem Auftritt«, erinnerte Emily die Kleine, hakte sich bei mir unter und zog mich an den restlichen Wartenden vorbei und in den Saal.

»Ist da draußen alles in Ordnung?« Ich deutete mit dem Kopf über meine Schulter in Richtung des Schockverliebten. Sie folgte meinem Blick.

»Was? Ach so, Chip. Ja, alles okay. Er ist hier, um seine kleine Schwester Kate zurück nach Texas zu holen. Es schmeckt ihm nicht, dass sie strippt.«

»Kann ich mir vorstellen«, murmelte ich und war froh, dass Emily die Show nur moderierte und sich nicht für die Männer auszog. Sie führte mich an einen der vorderen Tische, wo George bereits wartete.

»Bis später, mein Hübscher«, raunte sie und küsste mich zum Abschied auf eine Weise, dass ich es kaum erwarten konnte, wieder mit ihr allein zu sein. Dann verschwand sie hinter die Bühne.

»Sieht aus, als hätte sich deine Beharrlichkeit ausgezahlt«, meinte mein bester Freund mit einem Grinsen, als ich mich zu ihm gesellte.

»Was soll ich sagen, ich bin ein verfluchter Glückspilz«, gab ich ebenso breit grinsend zurück.

»Sieht ganz so aus. Und der Vertrag? Ich hörte, du hast unterzeichnet.«

Bevor ich antworten konnte, winkte George eine Kellnerin heran, die uns je ein eisgekühltes Glas mit einer dunklen Flüssigkeit darin brachte. *Ein Pimm's on Ice*, begriff ich und sah meinen Freund fragend an.

»Auf die Zukunft«, sagte er und erhob seinen Drink.

»Echt jetzt, nach deinem Absturz traust du dir so einen zu?«

George zuckte ungerührt mit den Schultern. »Wie heißt es so schön? Man lebt nur einmal. Auf das Delicious Paradise.« Unglaublich. Wieder einmal konnte ich nur staunen, was Cassie und Las Vegas aus meinem überkorrekten und steifen Freund gemacht hatten.

»Und auf dich, meinen treuen Freund und die Honey Lips – Vegas bezauberndste und hartnäckigste Tanzgruppe«, fügte ich hinzu und stieß mit ihm an. Hartnäckig traf in erster Linie auf Emily zu. Wobei ich das Gefühl hatte, dass jede von ihnen, wenn es sein müsste, genauso um ihre Gruppe kämpfen würde. Diese Frauen liebten, was sie taten, das war unübersehbar, sobald sie die Bühne betraten. Ich nahm einen Schluck vom Pimm's, der warm und vertraut in meiner Kehle brannte. Inzwischen hatten sich die letzten Gäste eingefunden und die Türen wurden geschlossen. Das Licht wurde gedimmt und ein einzelner Scheinwerfer auf die Bühne gerichtet. Er erinnerte mich an den Tanz, mit dem Emily mich überzeugen wollte, dass die Honey Lips gut genug für mein Hotel waren. Die Erinnerung ließ es eng in meiner Hose werden. O ja, heute

Nacht würde ich sie bitten, noch einmal für mich zu tanzen. Eine heiße kleine Privatshow, nur für mich. Dieses Mal jedoch sollte sie es vollkommen nackt tun.

»Ladies and Gentlemen, Mesdames et Messieurs!«, erklang Cassies melodische Stimme. »Herzlich willkommen bei den Honey Lips!« Applaus brandete auf. Obwohl sich noch keines der Mädchen gezeigt hatte, war die Stimmung jetzt schon gut. Das gefiel mir. »Begrüßen Sie mit mir Ihre Gastgeberin, die unvergleichliche Sugar!« Emilys Künstlernamen zu hören war etwas, an das ich mich noch gewöhnen musste. Wir klatschten und weiter hinten gab es die ersten Jubelrufe, als meine Süße mit einem Mikro in der Hand die Bühne betrat. Sie hatte die Arme einladend ausgebreitet und sah verdammt noch mal umwerfend aus. Die Goldelemente auf ihrem Outfit glitzerten und ließen keinen Zweifel daran, dass wir uns im Herzen von Vegas befanden.

»Meine sehr verehrten Damen und Herren«, begrüßte sie die Besucher. »Ich freue mich, Sie im Liberty begrüßen zu dürfen. Heute ist ein ganz besonderer Abend für uns«, erklärte sie mit einem Lächeln, das ihre ebenmäßigen weißen Zähne zeigte. »Heute möchten Lola …« Als sie Charlottes Künstlernamen aussprach, kam die zu ihr auf die Bühne. »Peacock, Lu, Candy, Cassie und Wonder Woman …« Der Reihe nach kamen die Tänzerinnen auf die Bühne und reihten sich neben Emily auf. »… sich bei einem großartigen Menschen bedanken«, endete sie, woraufhin sich die Blicke sämtlicher Mädchen auf mich richteten. »Gestern Abend wurde entschieden, dass unser Vertrag für zwei volle Jahre verlängert wird. Mr. McDougal«, Emilys Stimme wurde eine Spur tiefer, ehrfürchtiger. »Im Namen aller Honey Lips möchte ich mich für Ihr Vertrauen bedanken. Danke, dass Sie an uns glauben und es uns ermöglichen, unseren Traum weiter zu leben.« Mit glänzenden Augen ließ sie das Mikro sinken, während ihre Truppe mir applaudierte. Gerührt stand ich auf und erhob meinen Pimm´s auf die Mädchen.

»Auf die Honey Lips!«, sagte ich so laut, dass jeder im Saal es hören konnte.

»Auf die Honey Lips!«, wiederholten die Männer um mich herum lauthals, während Emily – den Tränen nahe – mir in die Augen sah und mit den Lippen ein stummes: *Ich liebe dich*, formte.

Ich liebe dich auch, antwortete ich tonlos und spürte, wie meine Gefühle für sie mich zu überwältigen drohten. Ja, ich liebte diese Frau, mehr, als sie es sich vorstellen konnte. Und deswegen hatte ich mir fest vorgenommen, ihr meine Liebe für den Rest meines Lebens jeden Tag aufs Neue wieder zu beweisen.

Epilog Charlotte

Wow, war das Erste, was mir zu diesem gigantischen Muskelpaket einfiel. *Beängstigend,* war das Zweite, was mir in den Sinn kam. Chip Peterson starrte mich an, oder vielmehr verschlang er mich mit seinen Blicken. Er war vor wenigen Minuten aufgetaucht und hatte versucht, sich einfach in den Showroom zu drängen. Emily hatte ihn zurückgehalten und für sein rüdes Benehmen zusammengestaucht. Dass Kate seine kleine Schwester war, erklärte, warum sie so gehandelt hatte. Doch anstatt zu verschwinden, blieb er an Ort und Stelle stehen und glotzte mich an. Daran änderte sich auch nichts, als Dean McDougal, neuer Besitzer und scheinbar auch neuer Freund von Emily, auftauchte und seine Besitzansprüche geltend machte. Es war irgendwie süß zu sehen, wie sehr er sie anschmachtete und nicht merkte, dass Mr. Muskelprotz nur auf mich fixiert zu sein schien.

»Lola, wir gehen schon mal rein. Du hast noch eine halbe Stunde bis zu deinem Auftritt«, sagte Emily in diesem Moment zu mir, zwinkerte mir heimlich zu und holte mich aus meiner Gafferei. Stumm wie ein Fisch nickte ich nur und sah voller Panik dabei zu, wie sie und ihr neuer Freund hinter den Eingangstüren verschwanden. Wie konnte sie mich nur mit ihm allein lassen? Sie wusste doch, wie schüchtern ich in Bezug auf Männer war. Paradox, wenn man wie ich nackt auf der Bühne stand und die Männer um den Verstand brachte. Doch das war etwas vollkommen anderes. Dort spielte ich eine Rolle, hier war ich Charlotte in Verkleidung von Lola.

Unbeholfen zupfte ich an den Handschellen herum, die ich an den Gürtel um meinen Latexbody gebunden hatte. Von außen betrachtet, musste ich auf jeden Kerl wie eine knallharte Frau wirken, doch der Schein trog. Ich war wie

Bambi, unbeholfen und völlig überfordert mit dieser Situation. Ich konnte seinen Blick auf mir spüren, wie er mich abscannte, als wäre ich nackt. Viele Männer hatten mich dutzende Male so angesehen, doch zum ersten Mal ging es mir unter die Haut.

»Geh mit mir aus«, hörte ich den Hünen lospoltern und sah ihn erschrocken an.

»Was?«, fragte ich dümmlich und mit ziemlich piepsendem Tonfall.

»Geh mit mir aus«, wiederholte er sich und ich trat erschrocken zurück.

»Auf keinen Fall«, entgegnete ich hastig und stolperte fast über meine Overknee-Lackstiefel in dem Versuch, von ihm wegzukommen. Er machte einen Schritt auf mich zu, was im Klartext bedeutete, dass ich mit meiner Nase nun seine breite Brust berührte. Der Geruch von sauberer Wäsche und heißem Mann wehte mir entgegen und ich brauchte dringend eine Ablenkung, um nicht an ihm hoch zu krabbeln.

Wenn er denn mein Typ wäre, was er nicht war. Niemand war mein Typ!

Er war ein Riese von einem Mann und mit meinen 1,60 m hätte ich mich glatt hinter ihm verstecken können.

»Warum nicht?«, fragte er wieder ziemlich einsilbig und ich hatte die Befürchtung, dass er so eine Art Höhlenmensch war der nur simple Sätze zusammenbrachte. Erneut versuchte ich, von ihm wegzukommen und zuckte zusammen, als er nach mir greifen wollte. »Hey«, sagte er jetzt mit sanftem Ton und ließ seine Hand sinken. »Ich wollte dich nicht erschrecken. Ich will nur mit dir ausgehen.«

»Das geht nicht und jetzt muss ich los«, antwortete ich hastig, denn dieser ruhige Klang seiner Stimme machte etwas mit meinem Unterleib und lenkte mich kurz von der Tatsache ab, dass er viel zu gefährlich für mich war.

»Ist Lola dein richtiger Name?«, rief er mir hinterher, während ich schon die Türen aufstieß und hindurch hastete. Obwohl er mich überhaupt nicht interessierte, bremste ich ab und schaute über meine Schulter. »Das ist mein Künstlername. Eigentlich heiße ich Charlotte, meine Freunde nennen mich Charlie, aber das spielt keine Rolle, weil ich niemals mit dir ausgehen werde. Wir sind viel zu unterschiedlich.« Es tat mir fast leid, doch seine folgenden Worte sagten mir, dass ich richtig entschieden hatte.

»Du trägst Handschellen, das ist mein Fachgebiet. Sieht ganz so aus, als hätten wir doch was gemeinsam!« Ohne eine Antwort rannte ich förmlich zu der Umkleidekabine, wo meine Freundinnen bereits mit den Vorbereitungen für die Show beschäftigt waren. Ich lachte und alberte mit ihnen herum, aber trotzdem hingen meine Gedanken bei ihm.

Er ist nichts für dich, du wirst nur verletzt, wisperte mir eine altbekannte Stimme zu, die immer eindringlicher wurde, bis ich schließlich nachgab und ihr zustimme. Chip war nichts für mich und das würde auch so bleiben.

Dir hat Emilys und Deans Geschichte gefallen und du willst mehr von den Honey Lips?
Dann hol dir jetzt Honey Lips – Cassie und lerne die kecke Texanerin und ihren heißen Anwalt kennen!

Honey Lips - Cassie

Leseprobe:

Cassie

»Ich hoffe, du hast den Ritt genossen«, raunte ich dem Kerl unter mir zu. Er nickte glücklich, und wenn ihn sein Lächeln nicht verraten hätte, dann auf jeden Fall die enorme Beule in seiner Hose. Ich stieg von ihm herunter, küsste ihn auf die Wange und entfernte langsam das Lasso von seinem Körper. Er saß immer noch wie gebannt auf dem Stuhl und ich wusste aus Erfahrung, dass ihm der Abgang etwas peinlich werden dürfte. Ich ließ meinen Blick noch mal über ihn gleiten, zwinkerte ihm zu, und erst dann drehte ich mich um.

Brandender Applaus schallte mir entgegen und ich verbeugte mich grinsend.

Das Publikum tobte und ich war zwar geschafft, aber ich freute mich über den Erfolg, der uns jeden Abend recht gab. Meine Haare klebten in meinem verschwitzten Nacken, doch das nahm ich kaum wahr. Bis auf einen ultrakleinen String, Sternchen-Nippel-Pasties und Heels in Stars-and-Stripes-Optik war ich nackt und fühlte mich gut in meiner Haut. Ansonsten wäre ich in einer der erfolgreichsten Tanzshows der Stadt wohl fehl am Platz. Seit eineinhalb Jahren tanzten wir jetzt schon für eines der bekannteren Hotels in Las Vegas. Wir wollten bis ganz nach oben, dafür war der Deal mit dem Hotel ein weiterer Schritt auf unserer Karriereleiter. Unser Ziel war es, im Plaza einen Vertrag über fünf Jahre zu bekommen, und wenn wir weiter solchen Erfolg hätten, bräuchten wir nur noch ein Jahr hier zu tanzen, dann würden wir richtig reich werden. Jeder Auftritt war ein Kick und ich liebte es, wie die Männer mir zu Füßen lagen.

»Zugabe!«, schrien die Massen von Männern vor mir und ich musste mich ab und zu kneifen, um zu begreifen, dass wir es geschafft hatten.

Emily, auch genannt Sugar, kam an meine Seite und machte wie jeden Abend ihre Ansage. Sie war quasi der Dompteur der gierigen Meute und das tat sie mit einer Ausstrahlung, die jeden in ihren Bann zog.

»Männer, für heute Nacht ist Schluss«, setzte sie zu ihrer Verabschiedung an und das altbekannte Buhen erklang. »Ich weiß, ich weiß, ihr wollt am liebsten die ganze Nacht hier verbringen, aber wenn ihr von den Honey Lips nicht genug bekommt, dann sehen wir uns morgen!«

Der Vorhang schloss sich langsam und ich atmete tief aus. Emily legte den Arm um meine Schulter und strahlte übers ganze Gesicht.

»Du warst der Hammer, Cassie. Niemand schwingt so gut das Lasso wie du«, neckte sie mich und ich rollte mit den Augen.

»Ein Hoch auf Texas' Weiden voller Kühe«, gab ich lächelnd zurück.

Einer unserer Bodyguards, Tom, hatte den Kerl auf der Bühne inzwischen zum Ausgang begleitet und brachte mir gerade ein Handtuch und eine Flasche Wasser.

»Danke dir, Tom, du bist der Beste!«

»Das sagst zu jedem, Cassie. Abgesehen davon werde ich dafür bezahlt«, antwortete er mit einem Zwinkern.

»Aber bei dir meine ich es ernst«, flirtete ich zurück, obwohl ich wusste, dass er stockschwul und kein Stück an mir interessiert war.

Tom war knapp zwei Meter groß, trug einen schwarzen Anzug und wich uns nicht von der Seite. Er und sein Kollege Tanner, der genauso beeindruckend aussah, arbeiten seit drei Jahren für uns. Sie waren unser Personalschutz und Mädchen für alles. Außerdem gehörten sie zur Familie und mit ihnen fühlten wir uns alle sicherer.

Emily und ich gingen Richtung Backstage, wo die anderen fünf Frauen damit beschäftigt waren, sich abzuschminken und umzuziehen. Wir teilten uns eine große Umkleidekabine, weil wir ansonsten auch alles zusammen machten. Außerdem waren wir noch nicht so abgehoben, dass wir jeder einen extra Raum brauchten.

Als wir die Tür öffneten, kam uns ein wilder Mix aus Düften entgegen. Emily wedelte mit der Hand vor ihrer Nase, während ich kaum noch etwas roch. Ich hatte mich an den Duftcocktail aus Haarspray und Parfüm gewöhnt.

Im Gegensatz zu mir hatte sie das Tanzen aufgegeben und war zu unserer Managerin geworden, als wir berühmt geworden waren. Sie hängte ihre Tanzschuhe an den Nagel und managte uns. Es war die beste Entscheidung gewesen, ansonsten hätten wir einen Manager einstellen müssen, doch wozu das, wenn man wie wir mit Emily jemand hatte, der einen Abschluss in Wirtschaft vorweisen konnte?

Ich ging schnurstracks zu meinem Platz und ließ mich auf dem Hocker nieder. Mein Spiegelbild zeigte eine typische Südstaatenbraut mit langem blondem Haar und üppigem Vorbau.

In meiner Heimat Austin, Texas, hatte ich mehrere Schönheitswettbewerbe gewonnen und ich war fest davon überzeugt, dass meine Brüste den größten Teil der Bewertung ausgemacht hatten. Sommersprossen zierten meine Nase und gaben mir ein freches Aussehen. Das half auf der Bühne, um meine Cowboy-Nummer bühnenreif aufzuführen, und die Kerle fanden es auch ganz süß. Jede von uns hatte ein Thema und was lag bei mir näher, als das Lasso zu schwingen und die Männer damit einzufangen? Ich konnte mir keinen besseren Job vorstellen und darum machte es mir nichts aus, dass die Typen alle nur meinen Körper wollten. Wir gaukelten ihnen etwas vor und bedienten Klischees, die sie nur allzu gern ansahen, und wir verdienten eine Menge Kohle mit ihren Fantasien.

»Kommt es mir nur so vor, oder wollen die Kerle neuerdings härter angefasst werden?«, fragte Charlotte, genannt Charlie, und ich schaute verwundert zu ihr hinüber.

»Was war denn los?« Sie hatte gerade ihre Lederpeitsche auf den Tisch vor sich geworfen und sah sie an, als wäre sie in Kuhmist gefallen.

»Der Typ, den ich heute zu mir hochgeholt habe, wollte mir fünfhundert Dollar in den Slip stecken, wenn ich ihn dafür später auf seinem Zimmer auspeitschen würde«, erwiderte sie angewidert und ich lachte auf.

Sie war in unserer Runde diejenige, die den Männern durch Latexklamotten und SM-Andeutungen ordentlich einheizte. Privat war sie eher der Kuscheltyp, doch die meisten Kerle dachten, was wir auf der Bühne verkörperten, würden wir auch in unserem Privatleben praktizieren.

»Ist das dein Ernst? Wie hast du reagiert? Soll ich mir die Aufnahmen zeigen lassen und ihm Tom auf den Hals hetzen?«, wollte Emily alarmiert wissen. Sie kümmerte sich um uns und konnte wie eine Löwenmutter sein, wenn es um unsere Privatsphäre ging. Charlotte schüttelte den Kopf und strich sich durch ihr kurzes tiefschwarzes Haar.

»Keine Panik, Sugar, ich habe ihm eine geklatscht, so getan, als gehörte es zur Show, und ihm nahegelegt, seinen Arsch nie wieder in die Vorstellung zu setzen«, entgegnete sie trocken. Ich hielt ihr eine Hand zum High Five hoch, die sie abklatschte.

»Du musst mir so was sofort sagen, Charlie. Ich bin für euch verantwortlich, und wenn sich solche Aktionen häufen, muss ich die Sicherheitsmaßnahmen erhöhen«, meinte Emily und man konnte sehen, wie sehr sie das aufregte.

Charlie stand auf, umarmte unseren Boss und gab ihr einen Kuss auf die Wange.

»Mach dir nicht so einen Kopf. Ich kann mich gut allein verteidigen und jetzt brauch ich einen Drink. Ich warte an der Bar auf euch.« Damit ging sie nach draußen und ich sah Emily durch den Spiegel an.

»Du weißt, wie sie ist. Selbstverständlich ist es scheiße, dass die Typen uns als Freiwild sehen, aber das wissen wir nicht erst seit gestern. Tom und Tanner sind gut in ihrem Job. Und was Charlie angeht, sie macht Krav Maga. Niemand würde sich freiwillig mit ihr anlegen. Und falls doch, wird er es kein zweites Mal versuchen«, sagte ich und zwinkerte ihr zu. Sie entspannte sich und nickte dann ergeben.

»Man sollte meinen, ich hätte mir nach all den Jahren ein dickeres Fell zugelegt. Aber du hast recht, sie ist alt genug und ich bin nicht ihre Mom. Was sagt ihr, Mädels, treffen wir uns gleich alle unten?«

Die anderen vier riefen synchron: »Ja!« Clementine, Madison, Kate und Lauren hatten sich längst umgezogen, während Valerie die Kostüme durchschaute. Sie war unsere Kostümfee und kümmerte sich um die Requisiten. Ohne sie hätten wir so manchen Auftritt nackt beginnen müssen, denn wir waren ein chaotischer Haufen.

Ich schminkte mich schnell ab, band meine Haare zusammen und entfernte die Pasties. Der Rest meines Kostüms lag auf dem Haufen mit den Klamotten der anderen Mädels. Val schaute sie durch, brachte sie gegebenenfalls in die hoteleigene Reinigung und nähte hier und da neue Pailletten auf.

Nach zehn Minuten unter der Dusche war auch ich endlich fertig und zog mir schnell Jeansshorts und ein schwarzes Shirt an, auf dem in dicken Buchstaben *Liberty Hotel* stand. Das war Teil des Deals mit dem Besitzer, aber damit konnten wir uns arrangieren. Schließlich verdienten wir, seit wir hier sechsmal die Woche auftraten, eine Menge Geld.

Um es nicht ganz so langweilig aussehen zu lassen, knotete ich das Shirt unter dem Busen zusammen, sodass mein gebräunter Bauch zur Geltung kam. Die meisten von uns verbrachten jede freie Minute am Pool, um auszuspannen und Energie für den nächsten Auftritt zu tanken.

Die anderen warteten schon an der Tür auf mich. Wir gingen den langen Gang hinunter und Richtung Hotelbar.

»Endlich bist du so weit, ich verhungere gleich«, jammerte Kate und ich schaute sie wie jedes Mal, wenn sie übers Essen sprach, ungläubig an. Sie war die Schmalste von uns und fraß wie ein Scheunendrescher. Im Ernst, bei mir setzte sich jedes Gramm auf die ohnehin breiten Hüften, während sie alles Essbare inhalierte und trotzdem noch in die lächerliche Größe X-Small passte.

Ich hörte die anderen neben mir kichern und stupste Kate leicht in die Seite. »Du musst mir irgendwann dein Geheimnis verraten, Peacock. Wieso kannst du alles essen und trägst immer noch dieselben Klamotten, die du vor vier Jahren anhattest, während ich täglich ins Gym muss, damit meine Jeans nicht platzt?«, fragte ich sie ernsthaft entrüstet, doch sie lächelte nur entschuldigend und zuckte mit den Schultern. Sie war ein stiller Typ, der eher selten sprach, aber ich mochte sie. Sie würde ihre Gründe für ihre Zurückgezogenheit haben, deshalb bedrängte ich sie nicht. Peacock nannten wir sie, weil sie einen sehr heißen Tanz mit Pfauenfedern draufhatte.

Wir näherten uns dem öffentlichen Bereich und versuchten, so unauffällig wie möglich zu unserem Ziel zu gelangen. Das war meist nicht so einfach, irgendjemand erkannte uns immer und wollte dann ein Autogramm.

»Das sind die Gene, ich kann nichts dafür, Cassie. Ich glaube, ich habe äthiopische Wurzeln«, platzte sie plötzlich heraus und nun fing auch ich an, laut zu lachen.

»Sorry, meine Süße, aber du bist blass wie Schneewittchens Arsch. Der Vergleich hinkt!«, zog ich sie auf und die anderen fielen in unser Gelächter ein. Ich hatte gerade das Wort *Arsch* gesagt, da kam mir ein Mann entgegen, der so schön und gleichzeitig so reserviert aussah, dass ich plötzlich stehen blieb. Der Kerl war mindestens zwanzig Zentimeter größer als ich, hatte kurzes schwarzes Haar und sah umwerfend aus.

»Hallöchen«, sagte ich, als er an mir vorbeilief. Ich stutzte, als er mich zunächst verwirrt, dann abschätzig ansah. Ich hatte noch niemanden getroffen, der meinen

Charme ignorierte beziehungsweise davon unberührt blieb. Er ging einfach weiter und ich blinzelte erschrocken, bevor mir Emily eine Hand auf die Schulter legte. Erst dann schaute ich zu meinen Freundinnen, denen der Mund offen stand.

»Was war das denn?«, fragte ich fassungslos in die Runde und wir guckten alle noch mal in die Richtung, in die Mr. Stock-im-Hintern verschwunden war.

»Den Wievielten haben wir heute? Das müssen wir im Kalender rot anstreichen«, meinte Madison trocken und ich streckte ihr die Zunge heraus.

»Ich kann nicht glauben, dass er nicht mal gelächelt hat!« Das war ein vollkommen ungewohntes Gefühl für mich und ich war schockiert. Das passierte mir nur äußerst selten. Weder war ich eingebildet noch arrogant, nur hatte ich noch nie einen Korb bekommen. Kopfschüttelnd machte ich ein Zeichen Richtung Bar und versuchte, mich nicht noch mal umzudrehen. Ich hatte nicht einmal die Zeit gehabt, mir seine Augen einzuprägen, und trotzdem ärgerte es mich, dass er mich wie ein störendes Insekt gemustert hatte.

»Der erste Drink geht auf mich«, tröstete mich Emily und ich bekam sofort wieder gute Laune.

»Ich weiß genau, warum du meine beste Freundin bist«, gab ich neckend zurück.

Wenig später kamen wir bei Charlie an, die an unserem Stammtisch saß und gelangweilt die anderen Gäste musterte. Sie war nicht zu übersehen in ihrer schwarzen Kleidung und mit den vielen Tattoos und Piercings.

»Ich habe bereits für euch bestellt. Sag mal, Emily, wann ist eigentlich der Termin mit dem Hotelmanager? Ich will nicht nerven, aber unser Vermieter macht Druck, was den Mietvertrag angeht. Ich kann nicht schon wieder umziehen, das nervt! Den anderen geht’s, glaube ich, genauso«, meinte sie zerknirscht und die Mädels nickten unbehaglich.

»Ich habe übermorgen einen Termin mit ihm. So wie ich das sehe, wird er unseren Vertrag mit Kusshand nehmen. Seit wir hier auftreten, ist jede Show ausverkauft. Macht euch keine Sorgen, wir bekommen die Verlängerung«, antwortete sie zuversichtlich und ich hob mein Glas.

»Auf ein weiteres Jahr hier! Wir werden Millionen scheffeln und in einem Meer von Telefonnummern baden«, sagte ich feierlich. Die Gläser klirrten laut, als sie aufeinandertrafen.

Wir lebten unseren Traum, und wenn alles weiterlief wie bisher, würden wir nach dem nächsten Engagement ausgesorgt haben.

Christine Troy

Christine Troy wurde 1981 in Dornbirn, Österreich, geboren. Glücklich verheiratet lebt sie mit ihrem Mann und den beiden gemeinsamen Kindern bis heute im beschaulichen Vorarlberg. Die Leidenschaft fürs Schreiben entdeckte sie erst mit Ende zwanzig. 2015 wechselte sie vom Jugendfantasy- ins Romance- Genre, wo sie sich über eine große und stetig wachsende Fanbase erfreut. Neben dem Schreiben arbeitet Christine als Werbesprecherin.

Lizzy Jacobs

Lizzy Jacobs wurde 1974 im hohen Norden Deutschlands geboren. Sie ist mit Märchen aller Art groß geworden und glaubt bis heute noch an Liebe, die ein Happy End bereithält. Wenn sie nicht gerade an Weihnachten wie eine Verrückte für all ihre Freunde und Familie Kekse backt, dann geht sie zum Sport oder steckt ihre Nase in Bücher.

Ihre Leidenschaft zum Schreiben hat sie vor einiger Zeit entdeckt, denn über die Liebe zu schreiben, ist genauso gut wie sie zu haben.

Sie lebt mit ihrem Mann, hunderten von Büchern und geringfügig weniger Schuhen abseits der Stadt, wo es nicht mehr braucht als ein gutes Buch und ihre Liebsten, um sie glücklich zu machen.

Bereits erschienen sind:
Die Broken Fairytale Reihe bestehend aus vier Bänden.
Die Dilogie „A Thing Called Love“.

Impressum

Christine Troy
Altacherstrasse 35
A-6840 Götzis
Österreich
www.christinetroy.at
christine.t@vol.at

Printed in Poland
by Amazon Fulfillment
Poland Sp. z o.o., Wrocław

53412604R00113